小説

GAMERA

REBIRTH

上

ガメラ
GAMERA

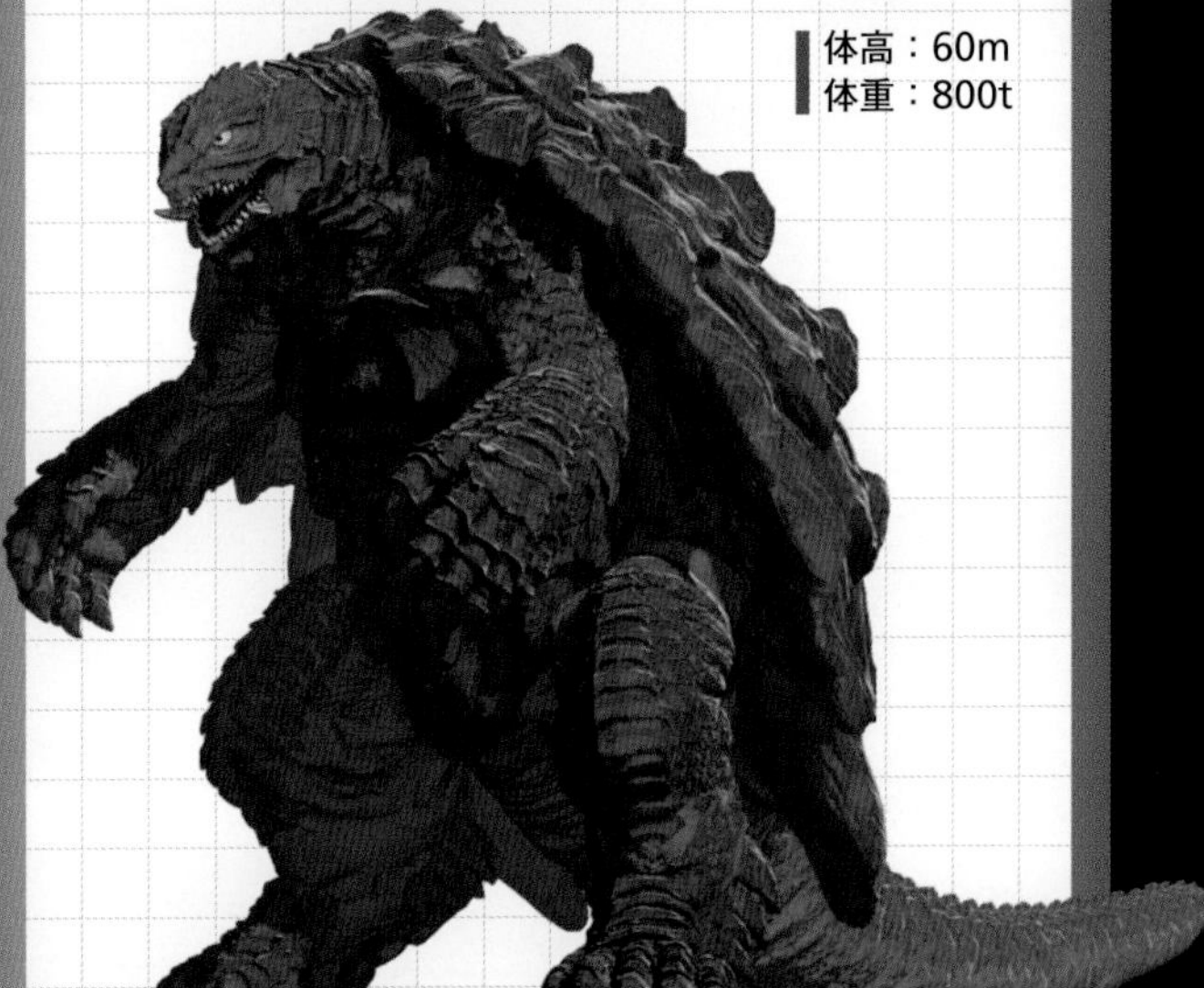

体高：60m
体重：800t

亀型の怪獣。全身が甲羅や鱗などの装甲に覆われている。
口から発射する火焔弾で全てを焼き尽くす。
手を翼に変形させ、プラズマジェットを噴射して高速飛行できる。

ギャオス

GYAOS

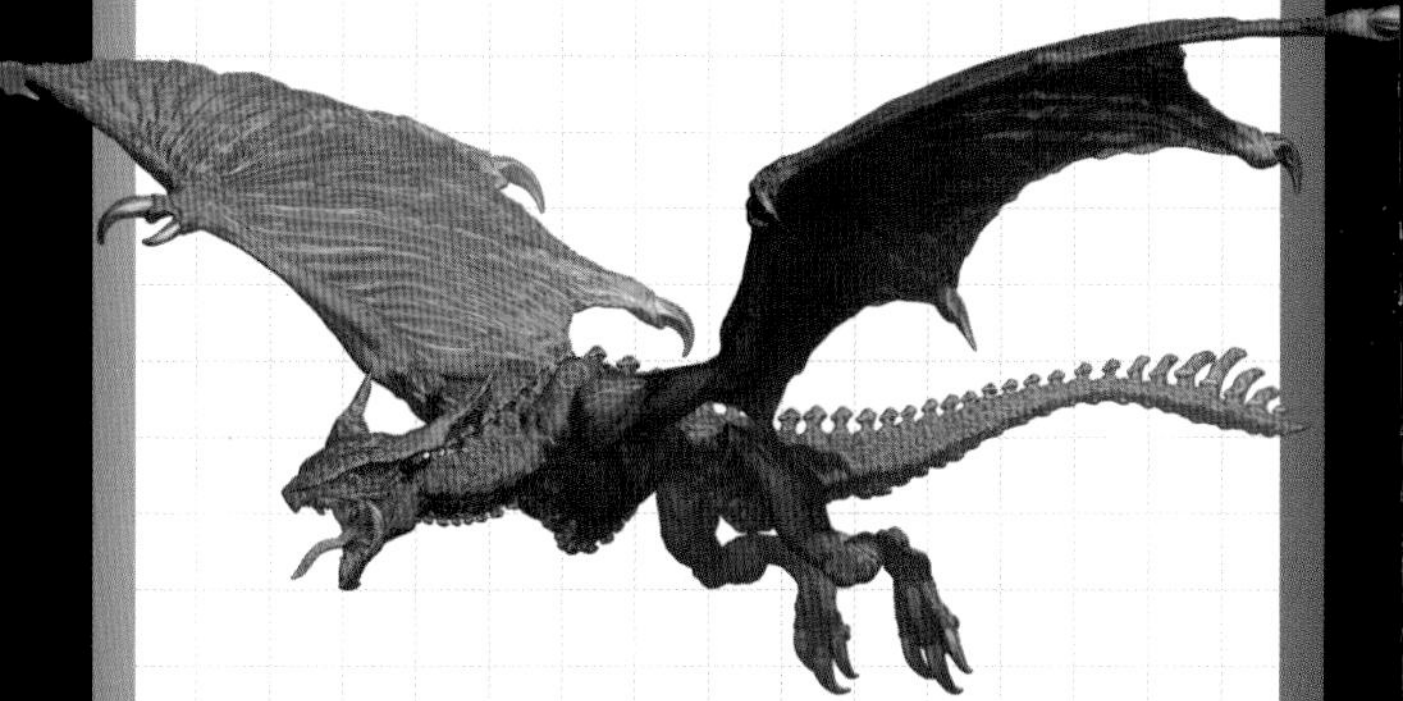

翼長：150m
体重：200t

マッハ３以上で飛行可能な、空中飛行型の怪獣。
胸部の超共振器官を用いて「超音波メス」を放つ。

ジャイガー

JIGER

体長：80m
体重：400t

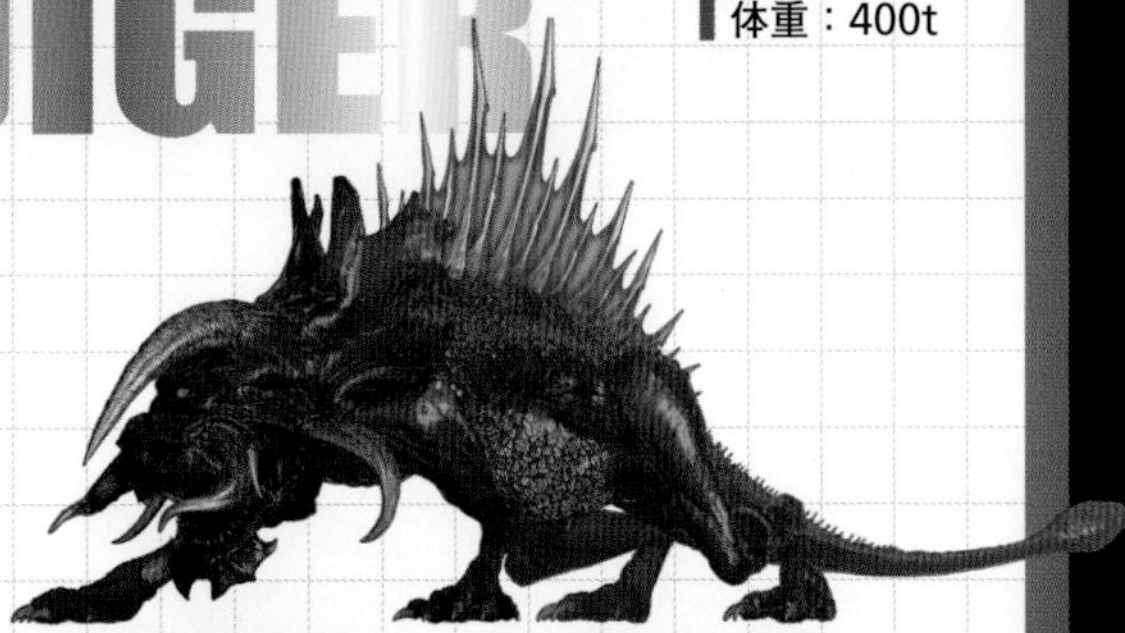

ヤモリ形態の四足歩行型怪獣。
先端に鋭利な尾棘を持つ尾を、ムチのようにしならせて攻撃する。

ジグラ

ZIGRA

体長：130m
体重：300t

エイのような扁平形態の水中特化型怪獣。
羽根全体から振動波を発生させ、水中を
超高速移動する。

小説 GAMERA -Rebirth- (上)

瀬下寛之　じん

角川文庫
23772

目次

序　章　5
第一章　東京上空　7
第二章　地下水道　126
第三章　深く静かに潜航せよ　202
終　章　277

序章

「いつか、必ず夏休みは終わる」

誰もいない。

もう、誰もいなくなったその場所に、過ぎ去った夏の残骸《ざんがい》が転がっていた。

「そんなの、解かり切ってることなのに」

わずかに光を灯《とも》し、次第にその光が、もういなくなった者の声を、響かせる。

「俺は気づかないふりして、いつも『またな』って言ってた」

声が、名前を呼ぶ。繰り返し、繰り返し、かけがえの無いともだちの名前を呼ぶ。

6

「でも、お前はきっと解ってたんだよな」

応答はない。いつまでもいつまでも、その声に返す言葉は、聞こえない。

「いつか、こんな日が来るって」

第一章　東京上空

暗緑色の山々に囲まれた露天採掘場の中心に、その「穴」はあった。

原始の名残をとどめる周囲の風景から一転、薄墨色のコンクリートに縁取られた異質な内壁には遥《はる》か下方まで作業灯が灯《とも》り、さながら奈落《ならく》に続く垂直のトンネルの様だ。

その最深部、地下深度2㎞付近、財団科学部が「大空洞」と呼ぶ円錐形《えんすいけい》の空間の頂上部。コンテナユニットで急造された中継基地で、備え付けられたジブクレーンのウインチがワイヤーをゆっくりと降下させていた。


「……ふぅ」


眼下に広がる闇を眺めながら、調査隊長のアシュリー・ローガンは細く息を吐いた。

この深さであれば底は近いはずなのに、一向に奈落はその終端を見せない。

身体を支えているのはカラビナで繋《つな》がれた一本のワイヤーケーブル。それに命を預け、この未知の大穴を降下していこうというのだ。少しの気の迷いが、即座に落命に直結しかねないことを、彼は十分に理解していた。

張り詰めた意識の中、気密防護服の内側で僅《わず》かに身を竦《すく》めていると、耳元で無線音声が響いた。

「気圧、放射線値、異常なし。降下を継続する」

ローガンが目をやると、声の主である同僚と目があった。同じ様にワイヤーに吊《つ》られているが、フルフェイス越しの表情に曇りはない。見回すと、その他数名の調査隊員たちも、同じく覚悟を決めた様子だ。

「底面はガスが滞留している。注意しろ」

中継基地からの応答を確認し合う様に顔を見合わせると、隊員たちはさらに深部へと降下を続けた。

「インドネシアの時と同じか？」

「……いや、ここのほうがでかい」

ヘッドライトが照らす内壁、硬い岩盤には規則的な縦縞《たてじま》のパターンが見える。その不自然な模様に、博士号を持つローガン達は疑問符を浮かべるが、理性がそれを否定した。人工的にこの巨大な地下空間を作ることなど、馬鹿げている。

「それにしたって、流石にそろそろ……」

辺りを見回していた一人が下方に目を向けると、雲海の様に滞留するガスから無数の石柱が飛び出しているのが見えた。

「……!」

そうして針山のように乱立する石柱群に近づくにつれ、この決死行の「目的」がその姿を露《あら》わにする。

石柱上面に付着した無数の赤色球を睨《にら》みつけ、ローガンが口を開く。

「……あれだ」

吊られた隊員たちのシルエットが、霧深き奈落の奥底へと吸い込まれ、消えた。

＊＊＊

茹《う》だる様な炎天の下、極東米空軍・福生《ふっさ》基地周辺は、人も疎《まば》らで閑散としていた。

その一角に構えられた、米軍放出品を扱うマニアックな電気屋の前に、ショーウィンドウをじっと覗《のぞ》く少年たちの姿があった。

目当ての固定無線機に熱い視線を送りながら、小ぎれいな格好をした少年『ボコ』が口を開く。

「……ボロくない?」

『名機 Conrads XF830 ついに入荷！』と売り込みタグの付けられた眼前の無線機は、擦り傷や塗装剝《は》げも多く、素人目にもなかなか古臭い。

するとと自信満々の様子で、ミリタリーベストがトレードマークの『ジュンイチ』がメガネを光らせた。

「中古だけど名機です！」

「名機」であることと「名品」であることはまた別の問題だ。目的を達成できなければ意味がない。不安の晴れないボコは再び質問を投げつけた。

「……遠くまで届く？」

「届きます。そうだ、あの木の上にアンテナ立てましょう！」

名案、とばかりに声を高くしたジュンイチに、今度は背後から訝《いぶか》しげな声が飛んだ。

「ジュンイチ木登りできたっけか？」

三人の中では一番背の高い、白Tシャツの少年『ジョー』は、そう言って眉《まゆ》を顰《ひそ》める。

乗り気じゃないツッコミに「高いところはジョーの出番でしょう？」と、ツンとした態度で返すジュンイチ。それを聞き、ジョーはガックリと肩を落とした。

「やっぱ俺か……。手伝えよボコ」

「わかった」

そう言って笑いかけると、ジョーはやれやれとばかりに踵《きびす》を返した。


一九八九年、夏。

晴れ渡る青と白のコントラストを縫う様に、上空ではF－15イーグルがしなやかに着陸態勢を取っている。沖縄米軍基地から増援された二小隊分の機体が、今日付けで福生基地に配備されたのだ。

見上げるボコの傍、他の二人はそんな銀翼の勇姿をまるで意に介さない様子で、他愛のないやりとりを続ける。

「……やっぱりちょっと高《たけ》ぇ」

ガードレール脇に停めた自転車を起こしながら、件《くだん》の無線機についてジョーがぼやいた。

三人にとって、どうしても手に入れたい……『必要不可欠』な無線機。しかし、商品に貼り付けられた「82，980円」という値段は、小学生にはとても、おいそれと手が出せる金額ではない。

ジョーのボヤきにジュンイチは表情をキョトンとさせると、ケロッと応《こた》えた。

「発売当時は二五〇万ですから」

「……は？」

「激安です」

どこから突っ込めばいいんだ、とばかりに動きを止めるジョーを尻目《しりめ》に、自転車を起こすジュンイチ。

「……みたいだねぇ」

いつも通りの二人のやりとりに、苦笑いが浮かぶ。

ジョーが起こした自転車の後部荷台に腰掛けながら、ボコがなんとなしに視線を泳がせていると、ふと飛び込んできたテロップに、興味を惹《ひ》かれた。

先ほど三人で眺めていた側から九十度側面に位置するショーウィンドウ。

そこに陳列されたブラウン管テレビが、無音状態でニュース番組を流している。

映し出される映像に、目が釘付《くぎづ》けになった。

『月面基地計画に暗雲⁉』

そんな、大仰な文字。

続けざまに画面に映し出されるのは、低軌道宇宙ステーションにドッキングするシャトルの様子。音が無いので読み取れないが、どうやら先月稼働開始したばかりの物資中継用のステーションの状況について、キャスターが何かをコメントしている様だった。

『月面開発』『宇宙ステーション』『月資源』……。

そう、それはもはや、この世界にとって当たり前になった「月」についての情報。

大人たちにとって、当然になってしまった空の上の世界の話。

ボコの瞳が、次第にキラキラと輝きを帯びる。

「アポロ計画すげ～……いいなぁ、月基地行ってみてえなぁ」

画面に広がる月面基地周辺の風景に憧《あこが》れの眼差《まなざ》しを向けながら、うっとりと嘆息を漏らすボコ。

ハンドルの向きを直していたジョーは振り返ると、惚《ほう》けた様子のボコにぶっきらぼうに尋ねる。

「月って何あんの？」

「え？　あ～……、資源とかじゃん？　エネルギー問題が解決するとか、なんとか……

……うわっとと」

ボコが言い終わるのを待たずに「ふ～ん」と生返事をすると、ジョーは自転車を漕《こ》ぎ始めた。後ろ向きで荷台に腰掛けたまま、ボコの身体も急発進する。

＊＊＊

コンテナを積んだトレーラーが福生基地のゲートをくぐるのを眺めながら、あんまり快適じゃないドライブが始まった。

三人が乗った二台の自転車は少しずつ速度を増しながら、基地前の通りを抜けてコンクリート橋に差し掛かる。

ジョーが漕ぐ自転車の荷台、後ろ向きのボコの視界に映り込んでいたジュンイチが、軽く息を弾ませながら口を開いた。

「知ってますか？　アポロ計画が陰謀だって……」

途端、待ってましたとばかりにジョーが意地悪く笑う。

「お！　ジュンイチの知ったかぶりっこが出たぜ」

流れていく道路標識を数えていたボコも、ジョーに倣って口角を吊り上げた。

「『月刊ムー』読み過ぎじゃね？」

しかし、ジュンイチはおちょくるような言い方にもひるむ事なく、熱っぽく持論を語り始める。

「アポロ計画が、月資源開発とやらにすり替わって、もう二十年です。月に『資源』？　はぁ。そんなの、地球に持ち帰るほうがエネルギーかかりますよ。これって、どう考えても背後に軍部の陰謀があるとしか……」

いつもの調子で妄想をエスカレートさせるジュンイチに、ボコが堪《たま》らずちゃちゃを入れた。

「あ～、はいはい。アポロはウソ！　ハレー彗《すい》星《せい》も吉《よし》野《の》ヶ《が》里《り》遺跡もぜーんぶウソ！……なんだよな？」

所謂《いわゆる》『陰謀論』の列挙。流石に少しは効いても良さそうなものだが、ジュンイチは至って平静に首を傾げた。

「いや、ハレー彗星と吉野ヶ里遺跡発見は真実ですよ」

純粋にボコの間違いを指摘する様なその言い回しに、ボコは一瞬キョトンとした後、たまらず吹き出してしまった。

「……ジュンイチって、ほんっとアレだよね」

「アレとは？」

「冗談が通じないって言ってんの！」

そこまで言われて、初めてジュンイチはムッと頬を膨らませると、小さな反撃を繰り出した。

「でも自転車は乗れます。……小六で乗れないほうがアレなのでは？」

「うぐっ……」

どうだ、とばかりにほくそ笑むジュンイチ。

思わぬクリーンヒットを貰《もら》ってしまった。返す言葉もなく呻《うめ》いていると、自転車の行く手には石壁に挟まれた登坂路が現れた。

ふぅ、と一息吐いてハンドルを握る手に力を込めると、黙っていたジョーが口を開く。

「乗れるよーに！　なんねーとな！　でねーと！　私立行ってから！　バカにされっぞ！」

坂道もなんのその、ジョーの立ち漕ぎに車体はぐんぐんスピードを上げる。

白線が、標識が、景色の全てが、平坦《へいたん》路と同じくらいの調子で流れて行く。

悔しいやら恥ずかしいやら、俯《うつむ》きがちにボコが口を尖《とが》らせた。

「……マジに練習してやる」

それを聞き、ニッと笑みをこぼすジョー。

「練習つきあってやっからさ、心配すんなって」

「……ん」

急勾配《きゅうこうばい》に苦戦するジュンイチを眺めながら、複雑な表情を浮かべるボコ。

次第にコンクリートからの照り返しが和らぎ、あたりの景色に緑が増え始めた。

鼻孔をくすぐる青い匂い。風を聞いていた耳が、蟬の音に気づき始める。

到着した神社の木陰に自転車を停めて、三人は目的の場所に向かうべく、森の中へと足を踏み入れた。

＊＊＊

市街地とは味の違う湿気《しけ》った空気を吸い込みながら、辛《かろ》うじて「小道」と呼べそうな茂みを進んでいく。

たらり、と浅黒い肌を伝う汗を拭《ぬぐ》いながら、先頭を行くジョーは忙しく草をかき分けていた。

この季節は特に草の伸びが早い。数日前とは様変わりした辺りの様子を、キョロキョロと見回すボコ。ふと振り返ると、後方のジュンイチもなにやら落ち着きなく周囲に気を散らしていた。

「……！」

不意にボコの視線に気づいたジュンイチが、しっと指を立てる。

胸の前で「透明な小銃」を構えるその仕草を見るに、どうやらミリタリーごっこをやっているらしい。それに気がつき、小さく敬礼をしたあと、ボコは進行方向に向き直った。

朽ちたフェンスを乗り越え、少し進んだところで、いよいよ視界が開ける。

そこかしこで拾い集めてきた、ベニヤ板やらタイヤやらの山積みの脇を通り、熱気で半分ほど干上がった沼が見えてきたところで、再び空気の色が変わった。

抜けていく風が、火照った肌に心地いい。頭上に茂った枝葉の隙間から漏れる日差しはチラチラと、まるでシャンデリアの様だ。

そうして視界の先、木漏れ日の中心には、幹の太い巨木が悠然と佇《たたず》んでいた。

その根元まで進み、大きく開いた洞の脇で足を止めると、ジョーはついてきた二人に手招きした。

それに応じてボコとジュンイチが中に入ると、次いでジョーも巨木の中へ……三人の「隠れ家」の中へと降りていった。

＊＊＊

パチン、とスイッチを入れると、吊られた裸電球に暖かな光が灯った。

外の光に慣れた目が、次第に「隠れ家」の内部を鮮明に捉《とら》えはじめる。たまたまみつけた大木の洞を掘り下げて作ったこの「隠れ家」は、去年の夏に作って以来、もうすっかり居心地の良い溜《た》まり場だ。

大きめのドームテントくらいの空間は、ジャンクのテレビ、ロケットの模型、廃材でできた棚に並んだカップ、やかん等々、それぞれが持ち寄った『一品』で溢《あふ》れかえっていた。

敷き詰めたベニヤ板の上に置かれたちゃぶ台を囲み、それぞれがお決まりの位置に腰掛ける。最後に腰を下ろしたボコは、ちゃぶ台の上に煎餅《せんべい》の空き缶を置くと、それをえいやとひっくり返した。

小気味のいい音と共に缶から飛び出したのは、大量の小銭と少なめの紙幣。

この一年、コツコツ貯めた「計画」のための軍資金だ。塵《ちり》も積もって、もうかなりの額になっている……はずだったのだが。

「なんか少なくない……？」

最初に口を開いたのは、ボコだった。どうも、脳内の計算と現実の金額とが噛《か》み合わない。すると隠す素振りもなく、ジュンイチが呟《つぶや》いた。

『『ムー』と『ワンダーライフ』と『マヤ』買いましたから」

列挙される、ジュンイチ御用達《ごようたし》のオカルト雑誌たち。ボコの口が啞然《あぜん》、と半開きになる。

「それ内容全部同じじゃん……」

「はぁ〜。これだから素人は」

悪びれる様子もなく、やれやれと首を振るジュンイチ。

貴重な軍資金がジュンイチのオカルト趣味に溶けたのだと判明し、場の空気はすっかり冷えてしまった。

「どうすんだよ。今月もう小遣いもらえないよ……」

「参考書買うって言うのもそろそろ限界ですしね」

「そうだ、『ムー』のバックナンバー売れば？」

ボコが意地悪半分にオカルト本の売却を提案すると、途端、ジュンイチは雰囲気を一変させた。

「……はい？」

そうしてボコの面前にまで顔を寄せると、極限まで目を見開き、威嚇気味に言う。

「……『死ね』と、同義ですよ、それ」

じっとりとしたその剣幕にたまらずたじろぐボコ。すると、二人のやりとりを眺めていたジョーが、仕切り直すかの様に口を開いた。

「あといくら足りねんだよ？」

「ん？　え～っと……」

ボコが指差しで計算を始めるも、ジュンイチの脳内電卓の方が早かった。

「八千……四百円ですね。来月末には貯まりますよ」

「はぁ!?　夏休み終わっちゃうじゃん！」

ジュンイチの杜撰《ずさん》な資金計画に、いよいよ悲鳴じみた声をあげるボコ。

「無い袖《そで》は振れませんよ。バックナンバーも売りませんしね」

相変わらず悪びれもせずに、ジュンイチがピシャリと告げる。

変えようのない現実を前に、ボコが「うえぇ……」と呻いていると、不意にジョーが身を乗り出した。

「待て待て……お前ら、俺はねーと思ってんだろ」

というのは、つまりお金のことだ。ジュンイチも、端《はな》からあてにしていない様子でめんどくさそうに応じる。

「まぁいつものことで……」

ジュンイチが言い終わるのを待たずに、瞳《ひとみ》を輝かせたジョーが、バン！　とちゃぶ台に手を置いた。

急になんだ、と身動《みじろ》ぐ二人。しかしジョーの手が握っていた紙幣に気がつくと、揃って目を丸く見開いた。

「これで！　釣りが来るぜ！」

「うそっ！　どしたの!?」

「こんな……どうしたら」

心の底から信じられない、といった様子で、失礼なくらいに驚くボコとジュンイチ。

そんな二人の無礼は気にも留めずに、ジョーがニヤリと悪い笑みで答える。

「ふっ……銀行襲ったんだよ」

たっぷりと芝居っぽくふかすジョー。渾身《こんしん》のジョークだったが、理屈人間を地で行くジュンイチは「えっ」と声を漏らすと、顔を青くさせた。

「バカ、冗談だよ……とにかく、これだけあれば足りんだろ」

お笑いノリの通じなさに落胆しながら、ジョーがボコに目配せをする。

予想外の収入によって、ついに目標金額を達成できてしまった。

嬉《うれ》しさのあまり、ボコは腰を浮かせてピョンピョンと跳ねる。

「うん！　これで買えるよ！　すごいよ、ジョー！　じゃあさ、明日《あした》買いに行こう、明日！」

「……おう」

笑顔で応えるジョー。釣られてジュンイチも、同じ様に顔を綻《ほころ》ばせる。

三人の小さな計画。どうしても無線機が必要な、大事な理由。

「これでボコが引っ越しても……」

「いつでもみんなで喋《しゃべ》れるよ！　だろ？」

そう。

私立校への入学を控えたボコは、もう少しで離れた場所へ引っ越してしまう。

そうなったらきっと、三人は今の様に遊ぶことなんてできなくなる。なんとなく集まって、理由もなく冒険して、また明日と言って別れる。そんな当然だったことが、きっともう、できなくなる。

「でも、せめて喋ることくらいは」と提案されたのが「無線機」だった。

初めは無謀に思えた貯金計画だったが、ついに、手の届くところまで来たのだ。

「できるだろ、ジュンイチ?」

「ええ、なるべく大きいアンテナ立てましょう」

ジュンイチが感慨にふける様に天井を見上げる。ボコとジョーも釣られて目線を上げると、不意にジュンイチがぶるり、と身震いした。気づいたジョーが、条件反射で憎まれ口を叩《たた》く。

「んだよ、ションベンか? 漏らすなよ」

ジョーの薄ら笑いを冷ややかな眼差しで牽制《けんせい》しながら、ジュンイチが反撃する。

「……漏らしたのはあなたでしょ?」

ギクッ、とジョーが表情を強張《こわば》らせる。藪蛇《やぶへび》だったと気づいたところで、時すでに遅し。ジュンイチは短く息を吸い込むと、罪状を述べるかの様にハキハキと語り始めた。

「あ〜、小一の時に校庭の裏で喧嘩《けんか》してる真っ最中に、相手を睨みつけたまんま仁王立ちで……」

「知らねぇ知らねぇ知らねぇって!!」

ボコが吹き出すのと同時に、ジョーが堪らず大声をあげた。悪党を懲らしめてやったとでも言わんばかりにフンと鼻をならすジュンイチだったが、やはり具合がよろしくないのか、いよいよ立ち上がる。

「んだよ、やっぱションベンか」

「……ジョー、『デリカシー』って知ってます？」

ジュンイチの嫌味に、ジョーは「デリバリー？　ピザ？」などと素《す》っ頓狂《とんきょう》な事を言って首を傾げた。これにはボコも、流石に同情の表情を浮かべる。

「……はぁ」

二の句が継げない様子でため息を吐くと、ジュンイチはそのまま何も言わず、隠れ家を出て行った。

「んだよ、あれ」

悪態を吐くジョーに、ボコが当たり障りのない話題を口にする。

「それよりさ、明日何時に集ま……」

「あのっ！」

言葉を遮って、入り口の方向からジュンイチの声が飛び込んだ。

「はやっ！」

「おしっこは？」

呑気《のんき》な二人とは対照的に、ジュンイチの顔には焦りの色が浮かんでいる。

「……ちょっと見て頂きたいものが……」

ボコとジョーは目を合わせると、理由も聞かずに立ち上がった。

＊＊＊

『隠れ家』のすぐ隣、沼のほとりに立つと、ジュンイチの動揺の原因は見るも明らかだった。

「……どうします？」

満水だと2.5ｍ程度の水深の沼は、今は岸から1ｍほど水位が下がっている。その剝《む》き出しになった中洲《なかす》のちょうど中腹で、木の根に絡まった『石亀』が苦しそうに身じ

ろぎしていた。

少しの間見守ってみるも、どうやら自力では脱出できないらしい。誰かが手を貸さなければ、大した時間も置かず、周囲の沼同様に干からびてしまうだろう。

「……やめとけ。この沼は結構深い」

一歩、足を踏み出そうとしたボコの肩を、ジョーが引き止める。

考えを察せられたのか、その表情には先ほどまでの朗らかさはなかった。

規模の小さい干上がった沼、とはいっても、水たまりとは呼べない程度にその水深は深い。子供の身長で、泥濘《ぬかる》みにでも足を取られたらひとたまりもないだろう。

「……でも、あのままだと」

「ハマったら俺らのほうが死んじまうって」

ジョーが語気を強くそう言うと、ボコは苦い顔で押し黙った。

ジュンイチも、力ない声でその意見を推す。

「……残念ですが、ジョーの言う通りですね」

ただでさえ一番背が低いボコだ。反論の余地もない。

しかし、二人が隠れ家に戻ろうと亀を背にしても、ボコだけは動けなかった。ジタバタと懸命にもがき続ける石亀。まるで「死にたくない」と叫んでいるように思えた。

「……っ！」

意を決すると、ボコは崖《がけ》の斜面に足を踏み入れた。そのまま沼へと滑り降りるボコ。

ジャボッと、響いた重たい水音に、二人が慌てて振り返る。

「おい！　何やってんだよ、ボコ!!」

ボコの背後で、ジョーの叫び声が上がる。一瞬躊躇《ためら》いそうになるが、振り払うように正面に向き直ると、ボコはさらに先へと足を踏み出した。

岸の近くこそまだ歩きやすいが、それでも靴に吸い付く様な泥濘みが厄介だ。

「やめろって！　戻って来い！」

「危ないですよ!!」

背後に聞こえる二人の声が、不鮮明になっていく。

絡みつく沼底の感覚だって、危険なものだと理解出来ている。

それでも、ここで引き返してはいけないと、正体不明の感情が足を前へと突き動かした。

眼前、中洲に囚《とら》われた亀の姿が、少しずつ明瞭《めいりょう》になる。ボコに助けを求めるかの様に、必死に短い足をばたつかせている。

すでに膝上《ひざうえ》くらいまで沼に浸《つ》かっているが、この感じならなんとか届きそうだ。

何故だか、こんな状況が以前にもあった様な気がした。あと少し、あと少しで……。

今度こそ、助けて……。

「おい！　そこ深いって！」

刹那《せつな》、張り詰めていた意識の膜を破り、ジョーの叫びが耳に飛び込んだ。

「う、あ……ッ！」

瞬間、ボコの小さな身体が一気に沈み込んだ。抵抗もできず、首元まで一気に沼に飲み込まれると、激しい水音に混じって、ジュンイチの弱々しい悲鳴が届いた。

「……バカッ!!」

呟くと同時に、ジョーが沼に飛び込んだ。長い手足を目一杯に動かし、ボコめがけて一目散に進んでいく。

そうしてみるみる沼底に引き摺《ず》り込まれて行くボコの手を、ギリギリのところでジョーが摑《つか》んだ。そのままグイッと体を引き上げると、顔を出したボコは口から盛大に泥を吐き散らす。

「ボコ！　あいっかわらず無茶しやがんなおい！　平気かよ!?」

必死の呼びかけに、ボコは息を絞り出す様に返す。

「オェ……サンキュ……ゴホ」

無事の様子に安堵《あんど》したのか、呆《あき》れたのか、ジョーは一度大きなため息を吐いて中洲に背を向けた。

「……おし、戻るぞ」

ボコを抱えたまま岸に向けて足を踏み出すジョーだったが、腕の中のボコの様子に気がつき、足を止めた。

「あ……ぅ……」

中洲の方向を見つめながら、ボコは情けなく呻いていた。無謀な行軍に失敗し、あまつさえ助けてもらった上にわがままなんて言えるはずもない。しかし、助けられなかった亀を、どうしても諦《あきら》めきれない。その様子を目の当たりにして、ジョーはもう一度大きくため息を吐くと、再び進行方向を変えた。

「……ったく、しょうがねぇな！」

＊　＊　＊

「おぉ……」

両手に伝わる、確かな命の重さ。

抱えた亀の背中を眺めながら、ボコが目を輝かせる。

「でっけぇな……」

ジョーの活躍によって無事に救助された石亀は、すこぶる元気な調子で足を振り回していた。

それにしても大きい。普通の石亀の倍はある。甲羅の模様を読み取るかの様に、まじまじと亀を観察していたジュンイチが、はっとして声を上げる。

「これ……博物館に届けましょうか?」

「……え、なんで?」

「新種かもしれませんよ」

きらり、とジュンイチのメガネのレンズが輝く。

「マジ⁉」

こぶし大の亀ならそこらで拝んだことはあるが、40㎝は超えていそうなこんな亀、ここら辺じゃなかなかお目にかかれない。確かにジュンイチの言うことも一理あるか、なんてことをボコが考えていると、ジョーが斜めなことを聞いてきた。

「ちょっとまて……その『シンシュ』……ってなに?」

「亀の一種?」とでも言いたげなジョーの問いかけに、ジュンイチが不気味なものでも見たかの様に表情を険しくした。冗談なのか、はたまた真性なのか。

「……これまで見つかってないってことです」

一応、ジュンイチが答えるとジョーはなんだか納得した様子だった。どうやら真性だったらしい。

そのうち「新種だったら名前はどうする」だの「誰が親になる」だのと二人が白熱し始めると、不意にボコが口を開いた。

「……でも、こいつ、せっかく自由になったんだしさ」

目を見合わせるジョーとジュンイチ。二人は考える間もおかず、それぞれがボコに頷《うなず》き返す。そのままボコは沼の端のなだらかになっている辺りまで行くと、抱えていた亀をそっと放した。

のたのた、のたのた、と浅い水辺を歩いていく石亀を三人が見送る。少し見守っていると、水の浮力を得た亀は勢いよく泳ぎだし、その姿はあっという間に沼の奥へと消えていった。

＊　＊　＊

鉄を溶かした様な太陽が、地平の向こうで潰《つぶ》れている。

「暮れ泥《なず》む」なんて言葉がよく似合う泥に塗《まみ》れた三人は、市街地を自転車で南下していた。

「では、また明日」

ジョーの漕ぐ自転車の脇、ジュンイチはいつもと変わらない調子で言った。

「じゃあな」

「バイビ〜」

そんなボコとジョーの応答を聞いて、ジュンイチはペダルを深く踏み込むと、振り返らずに帰っていった。

見ると反対の空には、もう月が輝いている。もちろん肉眼では捉えられないが、あんな遠くにも人が住んでいるらしい。本当かどうか定かではないが……、なんていうのは『ムー』に任せるとして、どうやら本当に、そうらしいのだ。

「……いつからだっけ？」

「ん？」

十字路を曲がったところで、ジョーが主語の無い質問を投げかける。

ボコが答えられずにいると、次いで「夏期講習」と補足が入った。

「あぁ。再来週……だったはず」

「じゃあ……遊べんのもあと十日くらいか」

ジョーの声色は、きっと繕ってはいたが、少しだけ憂いが感じられた。

暗くならない様に、ボコが明るく返す。

「講習終わったらまた遊べるじゃん？」

「そっか」

「そうだよ」

そこから、会話は続かなかった。夕凪《ゆうなぎ》の静けさの中、ジョーが回す車輪の音だけが辺りの建物に反響する。ボコがしばらく俯いていると、沈黙を破ったのはジョーだった。

「お前さ、ちゃんと言えよ」

またしても、主語のないジョーの言葉。

しかし、その強い意志を込めたような重たい口調に、ボコが首を傾げる。

「え？」

「私立行って、いじめられたら……俺がぶっ飛ばしてやっから」

その言葉に、ボコの表情が曇った。小さくため息を吐いて、返す。

「……別に、自分でやり返すよ」

「んだよ、どしたんだよ？」

後ろ向きに流れて行く景色の中、ジョーのお節介な優しさが、ボコの心をチクチクと突いた。自転車も、亀も、学校のことも。その全部に通じるモヤモヤしたものを振り払う様に、語気を強めるボコ。

「いいんだよ！……そういうの」

「……！」

どっちも、きっと言葉が足りなかった。二人ともそれを分かっていたけれど、どうにも言葉が見つからない。そんな調子で再び沈黙が始まると、不意にボコの視界が大きく揺れた。

「うわっ」

続けざまに、今度は逆方向に揺れる視界。これは、わざとだ。唐突に、イタズラに蛇行運転を始めたジョーに、ボコが必死に文句をぶつける。

「や、やめろよっ！　やめろって！　危ないだろ！」

見ると、肩越しに見えるジョーの表情は、笑っていた。

「おりゃっ！　うりゃっ！……へへっ……そりゃ！」

右に、左に大きく揺れながら自転車が進んでいく。次第に面白くなってきたボコが笑い声をあげると、さらに調子を良くしたジョーは一層切れ味よくハンドルを捌《さば》いた。

そうして、道に落ちる影もすっかり長くなった頃、いつものT字路でジョーは自転車を止めた。

「……じゃあな」

「ん、またな」

挨拶《あいさつ》も簡単に、それぞれの帰路を進み始める二人。

ボコは一人、乗れない自転車を手で押して進む。自前の自転車だというのに、いつもジョーに漕いでもらってばかりだ。

「……よっ」

ふと思い至り、ボコはペダルに足をかけた。重心を自転車に移し、地面を蹴《け》る。が、しかし。

「……あ……ぅわっ！」

ボコの挑戦を拒否するかの様に、正しく力が伝わらなかったハンドルが暴れた。

転びはしなかったものの、慌てて地面に着けた右足に鈍い痛みが走る。

歯を食いしばり、再びペダルに足を乗せ、地面を蹴る。

何度も挑戦を繰り返すボコだったが、とうとう諦めたように息をつくと、トボトボと歩き始めた。

カラ、カラと低速で回転する車輪の音を虚《むな》しく響かせながら、ボコは逃げる様に帰路を急いだ。

＊　＊　＊

大量の赤色球が、滞留ガスの向こうでぼんやりと発光しているのが見える。石柱上面に鎮座する直径5～6㎝ほどの球体の集まりに調査隊員達の視線は釘付けになっていた。

一年前、インドネシアの大空洞で回収した球体はオレンジ色だったと、調査隊長のローガンは記憶している。

空洞の発見深度はここニューギニアと同様に2000m程度だったが、ここことは内部の大きさや形状がまるで違う。形の違いは、形成過程の違いでもある。地質の差もあるだろうが、まさか掘り方が違う?……とまた突飛な考えが頭を過《よ》ぎった。

この深さにこれほど巨大な空洞を人工的に作ることなど不可能だ。馬鹿な考えが浮かぶのは疲れているからだ。この数日間、気圧に体を慣らす為、このじめじめとした地下に滞在して疲れが溜まっているのだ。

　インドネシアの時と同じように、さっさとこの奇妙な球体を回収し、ビーチで休暇を過ごそう。きっとビールが旨《うま》いはずだ。そうローガンが自身を鼓舞したところで、インカムに無線音が鳴った。

「まだ接触はするなよ。回収方法を分析する為の調査だ」

「わかってる。皆、接触には注意しろ」

　中継基地からの無線連絡に応じながら、着地する隊員たち。一人、また一人と、石柱群の間に降り立っていく。

「……これより接近調査を開始する」

　カラビナを外し、息つく間もなく辺りを見回す。

　地を踏む感触、防護服越しに伝わる反響、纏《まと》わりつく日常とは酷《ひど》くかけ離れた異界の気配。

　ゴクリと、誰かが生唾《なまつば》を飲み込む音を無線越しに聴きながら、ローガンは呟いた。

「……すごい数だぞ」

　目線の先、背の低い石柱の上にも数え切れないほどの赤色球が並んでいる。それが辺りを埋め尽くす全ての石柱で同様だというなら、その数は計り知れない。

そう、それらが、もし。

もし、懸念されている「脅威」なのだとしたら。

無数のそれら全てが、人類を脅かす「危機」の因子なのだとしたら……。

「……ん？」

思いを巡らせながら見つめる視線の先。ローガンは、ふと違和感に気がついた。

「あ……あぁ……！」

赤色球と思っていたそれは、既に「球」ではなかった。

割れている。辺りの「球」は既に、全て割れている。

既に「中身」が、外に……。

「うあああああああああああっ!!」

ある隊員の喉《のど》から発せられた悲鳴が、フルフェイスを貫通して、辺りに響き渡った。

「がはッ……あっ……あああ!!」

「ギャあああッ、アッ！」

感応するかの様に、次々に炸裂《さくれつ》する叫び声。続けざまに、強靭《きょうじん》な布が千切られる様な、湿気った古木がねじ切られる様な音が、断続的に鳴り渡る。

「何だ!?　何が起こってる!?　報告しろ！」

「わ、わからん！　一体……」

気づけば一人になっていたローガンが、中継基地の呼びかけに応答しようとしたその瞬間。

赤色球の残骸《ざんがい》から不気味に顔を覗かせた「それ」が、ガパ、と開いた口腔《こうこう》から一筋の光を放った。

「……ゴボッ」

光が、彼の首筋を通過すると、喉から勢いよく血が噴き出した。

ゴボゴボと、排水が詰まる様な音が、無線の向こうへと垂れ流されていく。

「どうした!?　おい!?　応答しろ！　おい！　誰か！　応答しろ！」

叫びにも似たその呼びかけに返す声はなく、代わりに無数の「それ」は動かなくなったローガンや隊員たちに覆いかぶさると、ギチギチと喜びの嬌声《きょうせい》をあげた。

焦りの色から、次第に絶望の色へと変わっていく、無線音声の呼びかけが虚しく響く。


それからおよそ十数分。

中継基地に控えていた隊員たちは、同僚が無慈悲に変わり果てる過程を、脳に焼き付けられるほど聴き続けたのだった。

＊　＊　＊

「……また、350人ほどいた集落の人々のほとんどは未《いま》だ行方不明であり、フィリピン駐留の米国陸軍による捜索が続いています」

キャスターの読み上げが終わると、画面は大使館前の中継に切り替わった。

スタンドライトに照らされたレポーターが、手元の原稿に目を落としながら、深刻な表情で状況を伝え始める。

「現地に米軍の調査隊が到着してから、既に48時間が経過していますが、先ほど、現地時間午後五時頃、集落から2㎞離れたジャングルで、被害者のものと思われる遺体の一部が……」

と、そこで画面が切り替わる。

先ほどまでの厳粛な雰囲気とは打って変わって、叙情的なピアノソナタが流れ始めた。ムーディーな間もたっぷりと、シンプルな黒字の背景に、キザなキャッチコピーが浮かび上がる。

「人それぞれに、それぞれの色──『PARQUE』」

「……だっさ」

途端、砂でも噛んだかの様に、ボコが顔をしかめた。めんどくさそうにチャンネルを変えるが、今日はどこもかしこもニュース特番で忙しい。

瀟洒《しょうしゃ》なマンションの六階、世間と比べても随分『リッチ』な自宅リビングの中央で、ボコは暇を持て余していた。

ソファにちょこんと腰掛けた格好で、つまらなそうにラムネアイスを齧《かじ》る。風呂《ふろ》上がりで火照った体に、甘さと清涼感が染み渡っていく。


「ただいまぁ」

疲れた声から、少し遅れて扉が開く音が聞こえた。

帰宅した母親・藍子《あいこ》の顔を一瞥《いちべつ》して、ボコがお行儀よく「おかえりなさい」と返すと、母親は自慢げに笑みを作った。

「コマーシャル、見た？」

「えぇ？」

「お母さんのやつ。確か、今日から放送って言ってたんだけど……」

リモコンを手に取った藍子がザッピングを始めると、その背後でボコは表情を冷ややかにした。

「……見てないよ」

「……そ」

諦めた様にリモコンをリビングテーブルに戻し、お次は洗面所へと足を向ける藍子。

ボコが面倒を予感していると、案の定クレームが飛んできた。

「わっ！ ねぇ、ちょっとこれなにー!? 上もズボンも泥だらけじゃない！ もー、何やったらこんなんなるのよー」

ガブッとアイスに噛《かぶ》り付きながら、我関せずとばかりに明後日《あさって》の方向を眺め続けるボコ。

一瞬、本日の石亀救出譚《たん》を語ってやろうか、とも思ったが、面倒の火種に薪《まき》をくべる必要もない。火が着きやすく冷めやすい母のことだ、しばらくジッとしていれば嵐も去るはず。

しかし、ボコの甘い考えとは裏腹に、洗面所から帰還した藍子は、火勢を増し始めた。

「またあの子たちと一緒だったんでしょ」

薪をくべるまでもなく、母の勘はお見通しとばかりに冴《さ》えていた。

対面式のキッチンに忙《せわ》しなく足を向けると、リビングの方を覗き込みながら、藍子はいよいよ説教を始めた。

「どうせ中学行ったら遊ばなくなるんだから、もっと有意義なことに時間使った方が賢明よ」

あぁ、またこれだ。母のいつもの調子に、ボコはいよいよ表情をどんよりと曇らせる。

「……僕にとっては有意義だよ」

小さく反論するボコ。しかし『言葉の中』に、どうしても弱気が顔を出してしまう。梨の礫《つぶて》も通じない様子で、藍子がぴしゃりと返す。

「ずーっと友達だって思ってるかもしれないけど、そんなのただの幻想よ。現実は違う。どれだけ仲が良くても友達なんてちょっとしたことですぐバラバラになるんだから」

手慣れた手つきで野菜を処理し、トン、トンと軽やかに刻みながら、藍子は物思いに耽《ふけ》るかの様に目を細めた。

言い返したいことを一つも言葉にできず、ボコは、ただただ押し黙る。

「それよりもうすぐ夏期講習なんだから、予習ちゃんとしときなさ……」

途端、藍子は何か思いついたようにハッとすると、声を艶《つや》っぽくさせた。

「僕は夏期講習、彼らはゲームセンター。『人それぞれに、それぞれの色』……つまりは、そういうことよ?」

語り終えた藍子が上機嫌でフライパンに食材を流し入れると、ジューッ! と景気のいい音が鳴った。

すっかり不満気なボコは、テレビの横、母がコピーを手がけたファッションビルのポスターを睨みながら「やっぱダッサい」と毒突いた。

＊＊＊

ギトついた換気扇から、ブルル、ル、と不安な音が響く。

そいつが吸い漏らした煙にむせながら、暗い蛍光灯の下、ジョーは炒飯《チャーハン》と格闘していた。

「あー、焦げた……。いっつも焦げんだよなぁ」

市営団地の一部屋。一人入ればギュウギュウの台所には、コンロの脇に煤《すす》と油で汚れた調味料の容器が並んでいる。チラ、とそれに目をやって、ジョーは小さくかぶりを振った。

贅沢《ぜいたく》は言わない。油が足りないなら火加減を覚えればいい。フライパンが古ければ、その分腕を振ればいい。直《す》ぐに背だってでかくなる。そうすれば、なんだって、もっと楽にこなせる。

自身を『不幸』と思うまいと、ジョーは呪文《じゅもん》の様に、そんな考えを巡らせた。

カンカンと、おたまで米を操りながら、居間の方に向かって声を掛ける。

「ねー、もう出来るよー!!」

呼び声に反応も返さず、チビチビと酒を呷《あお》る父親の姿は、随分とくたびれている。

仏壇に置かれた四人家族の写真。そこに写るかつての父は、今よりずっと精悍《せいかん》だった。

確かに幸せだったその頃から数年、光の消えた両目が見つめるのは、壊れかけのオンボロテレビ。

「この二日間で被害にあった三つの集落の被害状況は酷似しています。そして、何より不思議なのは、それぞれの被害集落は、南北方向におよそ200㎞ほども離れており、謎はますます深まるばかりです……」

返ってこない返事の代わりに、ニュースレポーターの声を聞きながら、ジョーの右手がコンロの火を止めた。

父と子、二人分の皿に。あの頃から二人分少なくなった皿に、焦げた炒飯が盛られていく。

「……ほい、いっちょ上がりっと」

＊＊＊

閑静な住宅街に立つ、豪奢《ごうしゃ》な戸建。

その三階の更に上、屋根裏を改造したジュンイチの部屋の中は、マニア垂涎《すいぜん》のお宝グッズが所狭しと並んでいる。

天窓から差し込む月光だけを灯《あか》りに、テレビゲームに勤《いそ》しんでいると、階下からゆったりとした母親の声が届いた。

「ジュンちゃん、アイス食べな〜い？　すきなやつ買ってきたわよ〜」

「は〜い」と、とりあえずの返事をし、再びゲーム画面に目を移すジュンイチ。

今日は随分調子がいい。昨日のレベル上げが効いたのか、ここ数日苦戦していたボスモンスターも、もう虫の息だ。ここを押し込めば、エンディングは目の前。下手をすると、今日のうちにエンドロールを拝めるかもしれない。

ペロリ、と唇を舐《な》め、いよいよ集中しようと胡座《あぐら》を組み直す。

しかし、棚の上に置かれた小型テレビから流れるニュース音声が、ジュンイチの意識をかっさらった。

「私は今、フィリピン東部にある第二の被害集落の付近にいます。本来なら、私の後ろには、家屋が立ち並んでいるのですが、無残に破壊され尽くしています。……そして、さらに特徴的なのが……」

手を止め、ニュース画面を見つめるジュンイチ。

「……ん？」

映し出される異国の小屋の様子。その屋内は、鋭利な刃物の様なもので至る所が切り裂かれている。まるで猛獣に押し入られたかの様な有様だ。しかし、どうも妙だった。例えば虎みたいな生き物が暴れたとしても、ここまで『切り裂かれる』なんてことはあるだろうか。かといって、人間がやったにしては、規模が尋常じゃない。

「まるで鋭利な刃物で切り裂かれたかのような特徴的な傷が見えます。現地のメディアによると、巨大な飛行生物の群れの目撃証言が多数報告されており……」

ジュンイチは徐《おもむろ》に立ち上がると、本棚から数冊の本を手に取り、床に広げた。

「飛行……生物……？」

考えを巡らせてみるが、浮かばない。そんな生き物、思い当たらない。

いや、そんなことが可能な「生物」なんて、いるとしたら……まさか。

夢中になって本を漁《あさ》るジュンイチの傍、すっかり放置されたゲームの主人公が、ドラゴンのモンスターに無残にも蹂躙《じゅうりん》されていた。

＊＊＊

深夜の新宿《しんじゅく》。雑多な突き出し看板の並ぶ表通りを、二人組の警官がキョロキョロと見回りしていた。

平日とはいえ、随分と静かな夜だ。「早めに切り上げて、一杯どうだい」と誘惑する中年警官を、若い警官が苦笑いで窘《たしな》める。

とはいえ連日こう暑いと、気も緩みがちになる。

他愛のない話をしながら、二人が特に人気の少ない辺りを進んでいると、不意に中年警官が足を止めた。

「……どうしました？」

「今……光ったよな」

中年警官が、雑居ビルの隙間を見つめて言う。

若い警官が首を傾げていると、中年警官は懐中電灯をつけ、路地へと足を踏み入れた。

「なんですかね」

少し遅れてあとに続きながら、若い警官が呟くと、目と鼻の先で確かに物音が響いた。

野良猫、野良犬……。いや、万が一もある。

疑わしい方へと足を進める二人が、ちょうど細い十字路に差し掛かった時、再び光が目の前を過《よ》ぎった。どうやらゴミ捨て場のあたりからだ。奇妙な状況に、二人の警官は少しずつ警戒を強めていく。

徐々に、対象地点との距離を詰めていく二人。近づくにつれ、ボリボリと、何かを咀嚼《そしゃく》する様な音が聞こえ始めた。注視してみると、小動物サイズの影がいくつか蠢《うごめ》いている。

ひとまずは人がらみの事件でなさそうだが、野犬だったとしてもそれはそれで厄介だ。

どうしたものかと二人が逡巡《しゅんじゅん》していると、突如、ボトッと重さを孕《はら》んだ音が耳に飛び込んだ。

反射的に「それ」に懐中電灯を向けた中年警官が、瞠目《どうもく》する。

「……ああっ！」

液体と砂利に塗れ、薄汚れた棒状の肉片。

薄暗い路地の中にあっても、それが「人間の腕」であることは、一目瞭然であった。

「な、こ、これ……！」

中年警官の背後、若い警官がわずかに後ずさったその瞬間、進行方向でポリバケツが跳ねた。同時に飛び上がったのは、小さな影。音もなく地面に着地すると、乾いた息の音を響かせながら、その細い首をもたげた。

瞬間、その「異形」を前に、中年警官が全身を強張らせる。

知らない。こんな生き物は、今まで見たことも、聞いたこともない。

「なっ……なんっなんだこい」

ピュンッ。

と、ピアノ線が張った様な音が、空気を弾《はじ》く。

「つ」

言い終えた中年警官の視界が、斜めにグニャリと傾き、次の瞬間途絶える。

中年警官の上半身がずり落ちると、立ったままの下半身の向こうで、ガパリと開いた口腔が若い警官に狙いを定めていた。

「うわあああああ!!」

悲鳴を炸裂させ、携帯した拳銃《けんじゅう》に手をかける。が、どうしようもなく遅すぎた。

刹那、口腔から放たれた真紅の光線が、若い警官の腕を通過する。

粘着質な水音を響かせながら、両断された中年警官の死骸の上に、若い男の腕が垂れ落ちる。

「————ッ!!」

肩口に去来する焼かれる様な激痛に、若い警官の視界が火花で埋まった。

痙攣《けいれん》し、暴れる視界の中で、幾頭もの小さな影が躍る。

新たな『獲物』の出現を歓迎しながら、その異形の群れは若い警官を取り囲むと、一斉にその体を覆い尽くした。

細縄が風を切る様な音が、ピュンピュンと断続的に響く。

そう、まるで変わり果てた彼らが、ナイフとフォークを使ってそうしてきたかの様に。

小さな『脅威』の群れは、その肉片を食べやすいサイズに切り揃えると、あっという間に一切れ残さず平らげてしまった。

＊＊＊

汗も干上がる様な暑さの、夏の午後。いよいよ、今日が訪れた。

所定の場所に自転車を停め、足早に目的地へと歩を進める。

響く靴音も揚々と、たどり着いたショーウィンドウの前、ボコ、ジョー、ジュンイチの三人は、揃ってゴクリと喉を鳴らした。

「ついに……」

「……だな」

陳列された目当ての「無線機」を確認し、ボコとジョーが頷きあう。

『名機Conrads XF830ついに入荷！』のタグも、値段のタグも、そのままだ。

「う～ん、まさに名機……何度見ても惚《ほ》れ惚《ぼ》れしますねぇ……」

「見とれてないで、行こうよ」

ジュンイチが身を乗り出し、観察を始めようとしたところで、それを引き止めた。

ボコが胸に抱えているのは、商品名すら擦り切れた煎餅の空き缶。言わずもがな、中にはこの一年で積み立てた「軍資金」が詰まっている。

「よし、いくぞ！……ほら、早くしろっつーの」

「はいはい、わかりましたよ」

ついにはジョーに引き剥がされながら、名残惜しそうにショーウィンドウを離れるジュンイチ。

いよいよだ。いよいよ、夢の「無線機」が手に入る。

胸に大事に抱えた煎餅缶に目を落としながら、ボコは先頭を切って店の角を曲がる。

店の入り口は、もう目の前だ。もう目の前。……だったのに。

「イテっ」

突然、ボコの視界が、空色の布地に遮られた。

ボコが後ずさりながら見上げると、目の前にはガタイの立派な金髪の少年が立っていた。

　後ろに数人の外国人を引き連れ、片手に持ったホットドッグをガブ、と頬張りながら、ボコを見下ろす金髪。不穏な状況に気づいたジョーが、慌てて前に出る。

「……な、なんだよ」

　ジョーもボコたちと比べるとかなり高身長だが、金髪の少年の背はそれ以上にデカい。

　怯《おび》えた様子のボコとジョーを順番に眺めると、次いで金髪の少年はニッと笑みを浮かべた。

「グッド・アフタヌーン、みなさん。今日もトゥー・ホットですね」

　不意の、やけにフレンドリーな挨拶。しかし、取り巻きのニヤニヤとした笑みが、ボコたちの猜疑心《さいぎしん》を更に掻《か》き立てる。

「ところでみなさん、タックス……税金はもう納めましたか？」

「……はぁ？　税金」

　ホットドッグを頬張りながら、金髪の少年は突然に突拍子のないことを宣った。ジョーの質問にも御構い無しの様子で、咀嚼しながら言葉を続ける。

「安全保障条約、知ってますよね？　みなさんにデンジャーが迫れば、我々がプロテクトするという条約です」

腰を折った金髪にグッと顔を寄せられ、堪らずボコは身を竦める。

「な、なに、この人？」

「……わかんね」

「何か宗教の勧誘ですかね？」

警戒心を露わにするジョーと、ケロッとした様子のジュンイチがそれぞれに零《こぼ》す。

金髪の少年は食べ終えたホットドッグの包みをクシャッと潰すと、態《わざ》とらしく残念そうにしながら手を広げた。

「しかしながら、平和維持には当然コストがかかります」

そこまで言って、チラ、とボコの胸元に目を落とす。

「……納めて頂けますね？」

「え、っと……何を？」

ボコが動揺気味に言うと、静観していた取り巻きの一人が吹き出した。

『何を……？』だってよ！」

「こいつらやっぱりバカ？」

「米ばっか食ってるから?」

口々にボコたちを茶化すと、ゲラゲラと笑い合う取り巻きたち。

「コラコラ、日本の皆さんに失礼だろ……って……笑っちゃうわな!」

金髪の少年を中心に取り巻きがいよいよ大笑いを始めると、ジョーが表情を険しくして、前にでた。

「なんなんだよ、お前ら……どけよ!」

ジョーの言葉に、ピタッと笑い声が止む。そこへ恐れ知らずのジュンイチが、ノーテンキに追い打ちをかけた。

「あなた方、税務署の方ですか? とてもそうは見えないんですけど」

それを聞いた金髪の少年が、威嚇気味にジュンイチを睨む。

「……あぁ?」

「ヒッ!」

怯《ひる》むジュンイチと金髪の少年の間に、慌ててジョーが身を差し込んだ。

一触即発の気配。しかし、金髪の少年は再び態とらしく笑みを作ると、一見友好的な所作でジョーの肩に太い腕を回した。

「……じゃあ皆さん、話し合いをしましょう」

それを合図に、あっという間に取り巻きに囲まれるボコたち。そのまま抵抗することも許されず、連れて行かれてしまった。

＊＊＊

「返せよ！　返せって！　俺たちのだぞ！　ふざけんな！」

人気のない自動車工場の廃車置場に、ボコの悲痛な叫び声が響く。

蹲《うずくま》っているジョーをもう一度蹴り飛ばして、金髪の少年は手に持った煎餅缶の蓋《ふた》を開けた。

そこに詰まっているのは、一年をかけて積み立てた、ボコたちの努力の結晶。

思わぬ収穫に、金髪の少年たちが「ひゅーっ！」と声を上げる。

典型的なカツアゲの光景。為《な》す術《すべ》のない一方的な暴力を前に、ボコはただただ懇願を繰り返す。

「返せよ！　返してよ！　お願いだよ！」

「おいおい、所得隠しはシリアス・クライムだっつーの」

金髪の少年が先ほどまでジョーを殴りつけていた手を、ボコの肩に回す。

キッと睨むも、それだけで、簡単に体を制されてしまう。もがくボコを滑稽《こっけい》とあざ笑うかの様に、取り巻きから声があがった。

「それに……触るんじゃ……ガッ!!」

立ち上がろうと踏ん張るジョーだったが、片膝を立てて露わになった横腹に、金髪の少年のサッカーキックが突き刺さった。

「追徴課税な!」

「はははははっ」

あまりの仕打ちに、いよいよボコも歯を食いしばる。身をよじって、足を撥《は》ねあげ……。

「やめろ! このっ! デブ!」

金髪の少年のむこう脛《ずね》に、蹴りをお見舞いした。

ボコの抵抗に一瞬呆気《あっけ》にとられる金髪の少年だったが、すぐに我を取り戻すと、目に怒りを滾《たぎ》らせる。

「……てぇな、このチビザルが!」

叫びと共に、振り上げられた拳《こぶし》がボコの鼻先に迫る。瞬間、衝撃と共に天地がひっくり返ると、ボコの全身が宙を舞った。

その様にジョーは目を見開くと、ボコの華奢《きやしゃ》な体が地面に倒れると同時に、駆け出した。

「この、クソブタがぁ!!」

加速の勢いをそのままに、ジョーの拳が金髪の少年の顔面を撃ち抜く。

モロに食らった金髪の少年が、ドスンと尻餅《しりもち》をつくと、廃車置場に一瞬の静寂が走った。

「……ッ！」

鼻を擦《こす》り、手の甲に付着した自分の血を見つめて、金髪の少年がわずかに声を震わせる。

「てめぇら、全殺《ぜんごろ》しだ……！」

今日一番に歪《ゆが》ませた形相で金髪の少年が言い放つと、取り巻きが一斉にボコたちへと飛びかかった。

＊　＊　＊

どうやら「最高だった今日」は「最悪の今日」に成り果ててしまったらしい。

ボコ、ジョー、ジュンイチは、足取りも重く、とぼとぼと歩いていた。

踏み出す度に、服が擦れる度に、奔《はし》る痛みが悔しさを呼び起こす。

ジョーが口に溜まっていた血をペッと吐くと、比較的傷の浅いジュンイチが、心配そうに顔を覗き込んだ。

「派手にやられましたね」

「……こんなんたいしたことねえ」

そう吐き捨てたジョーだったが、自転車を押すその足運びはギクシャクとしている。

ジュンイチがいつも持ち歩いている消毒液を差し出すも、ジョーはいらない、と首を横に振った。

「……ボコは？」

次いで後ろを歩くボコに消毒液を差し出すジュンイチだったが、頬を腫《は》らし、空っぽの煎餅缶を抱えるその姿に、堪らず目を背けた。

俯いて歩いていたボコは、返事の代わりに、ピタッと足を止める。

「……どした？　どっか痛ぇのか？」

それに気づき、ジョーが心配そうに声を掛けると、煎餅缶を持つ手に力を込めたまま、ボコが静かに口を開いた。

「……取り返そう」

その言葉に驚いたのか、ジョーがわずかに瞠目する。一方、ジュンイチの口からは乾いた笑いが溢れた。

「プッ……ははは」

ボコにしては珍しい、危なっかしい冗談だ。先ほど立つ気も起きないほどにコテンパンにされた相手に、立ち向かおうなんて。しかし、ボコの目に溜まった涙を目の当たりにして、ジュンイチは息を止めた。

「え……冗談……ですよね？」

「……マジで言ってんのか、ボコ？」

二人の瞳をジッと交互に見つめながら、涙交じりにボコが主張する。

「あの金……一年かけて貯めたんだぜ……」

本当だったら手にしていたものを諦めて、宝物を手放して、そうしてやっと手に入れた金額だ。それがなくなってしまうということは『望み』が叶《かな》わなくなるということだ。力の弱い自分は、きっとそれを諦めなくちゃいけないってことも、文字通り痛いくらいに解っていた。

……だけど。

「冷静に分析しましょう。あの屈強な連中を相手にするなんて……」

「嫌だ！」

宥《なだ》める様なジュンイチの声を、ボコの叫びが拒絶する。

「絶対ヤダ！　絶ッ対ヤダ！　どこに行ったたって通信できるからって……だから……無線機買おうって……」

ボコが涙声で訴える。あれを奪われてしまったら、二人との……友達との絆《きずな》まで失ってしまう。それだけは絶対に、譲れない。

ボコの剣幕に困った様子でジュンイチが俯くと、反対にジョーは顔を上げて、ボコの泣き顔を正面から見つめた。

「……腹、決まってんだな？」

その言葉に、ボコは力強く頷く。涙と血で汚れた顔面。しかし、唯一汚れていない、強い意志を宿した瞳が飴色《あめいろ》に揺らめく。

「……よし」

暫時、向き合っていたジョーが、決心した様子で自転車の向きを変えた。

合わせてボコも踵を返す。そうして二人が廃車置場に戻ろうと足を踏み出した、その時。

「……ちょっと待った」

二人の足を、ジュンイチの声が呼び止めた。振り返った二人が、ジュンイチのメガネの輝きに気づく。どうやら、思いの強さは一緒らしい。あれは、すっかり温まってしまった顔だ。

そうして、悪そうな笑みを顔いっぱいに作って、ジュンイチが言う。

「やるからには……作戦が必要ですよ」

＊　＊　＊

米軍福生基地。司令部棟北側に延びた滑走路では、C－130輸送機後方ハッチからストライカー装甲車やハンヴィー、そして完全武装の兵士達が続々と降りてきている。

「これは訓練じゃない！」

「もたもたするな！」

「急げ急げ急げ！」

兵士たちが足早に司令部棟を目指す中、薄橙《うすだいだい》に澄んだ夕空を背景に、バラバラと一機のUH－1ヘリコプターが着陸した。

ドアが開き、壮年の男が颯爽《さっそう》と降り立つと、並んだ兵士が一糸乱れぬ所作で敬礼をする。

「お待ちしておりました、レイモンド・オズボーン将軍」

迎えられた男、レイモンドは、敬礼を返すと厳しい顔で空を見上げる。

雲行きは怪しくない。しかし、歴戦の勘が予感する。

後世に語られる災事ほど、決まって日常を裏切り訪れたものだ。報告の通りだとするなら、今夜は恐らく、荒れる。

レイモンドは目を細め、踵を返すと、急ぎ足で司令部へと向かった。

＊＊＊

「……結構な数だぞ」

「洋上の第一次迎撃隊は何やってるんだ！」

司令室には、怒声にも似た声が飛び交っていた。

剣呑な雰囲気の中、十人を超えるオペレーターたちがそれぞれにレーダーをモニターしながら交信を続けている。その内の一人が、掃引を繰り返すＰＰＩスコープの黄色光に照らされながら、冷や汗まじりに零した。

「このままだと上陸するぞ……！」

鳥瞰《ちょうかん》視点で見るレーダーの南南西、房総《ぼうそう》半島の切っ先を突っ切る形で、相模《さがみ》湾上空を光点が侵攻している。

その数、およそ三十。しかもそれらは、既知の機体ではない『所属不明』の飛行物体だ。それが、戦闘機並みの速度で今まさに「こちら」に向かってきている。

あまりに現実離れした状況に、オペレーターはゾッと顔を青くした。

すると、一人の隊員が勢いよく立ち上がる。気づいた隊員たちも次いで立ち上がり、全員が敬礼の構えを取った。

そこへ現れたレイモンドは小さく敬礼で応えると、単刀直入に切り込んだ。

「状況は？」

＊　＊　＊

街灯の光が、すっかり陽の落ちた街路を青白く照らしている。

廃ビルの脇に野良猫が吸い込まれていくのを横目に、鼻息荒く行進するボコたちの姿があった。

「……情報は確かなんですか？」

スパイ映画よろしく、ジュンイチが小声で訊《たず》ねる。

「……ああ、あのクソブタ、ブロディっていって……このあたりじゃ結構有名らしい」

「ブロディ……」

名前を聞き、ボコは一層警戒してあたりを見回す。

この辺りは所謂「治安の悪い」地域だ。壁には落書きが多く、そこかしこの道端にゴミが散乱している。クソブタもといブロディがこの辺りで有名、ということであれば、十中八九「悪名」の方だろう。

ぶるっ、と身震いするボコ。しかし、首を小さく横に振ると、再び鼻息を荒々しく吐き出した。

準備は万端……のはずだ。なにせこちらには……。

「……一応、作戦を確認しておきましょうか」

その言葉に、二人は深く頷いた。

ジュンイチが考案したのは、大きく三つのフェーズから成る『制圧作戦』だ。

まずは第一フェーズ。『火で威嚇する』。

動物は火を怖がる。ということで、効果は覿面《てきめん》、相手は思い切りビビるはずだ。しかし、火炎放射器が手に入るはずもないので、スプレー缶とライターで代用しようということになった。ジョーが「でも、やばくねえか。大怪我とかさせちまったら」と弱気になったが、「威嚇するだけですから」とジュンイチ。いざやる気になるとジュンイチは大胆だ。

そして第二フェーズ。『催涙弾で攪乱《かくらん》する』。

……と言っても、本物が手に入るはずもないので、爆竹から取り出した火薬、たっぷりの唐辛子、何となくの勢いで小便を混ぜ込んだ大きめの癇癪玉《かんしゃくだま》を用意した。試しに爆発させてみたら結構効く。涙と咳《せき》がしばらく止まらなかった。

そして肝心の第三フェーズ。『ジョーが殴る』。

なにせジョーの腕は長い。拳もカチカチに硬い。殴られたら誰だって痛いし、間違いない。これにはブロディもひとたまりもないはずだ。いや、確かブロディはすでに一発殴られていたような。まぁ、大丈夫だろう。

「……うん」

ノリとテンションでここまでやっては来たものの、なんだか嫌な予感が頭を過ぎる。

しかし、今更帰ろうなどと言えるはずもなく、三人は鼻息を荒くする。もう、鼻息だけは荒くしておこう、という感じだ。

そんなこんなでワイワイやっていると、不意に頭上から声が降ってきた。

『……市民の皆さまにお知らせいたします』

「……ん？」

三人が見上げると、ちょうど頭上を低空飛行の自衛隊ヘリコプターが横切るのが見えた。

プロペラ音にかき消されながら、警報アナウンスが響く。

『ただいま大規模火災に伴う緊急避難特別警報が発令されました。ただちに最寄りの指定緊急避難場所に避難してください。指定緊急避難場所がわからない場合は、市役所または警察署や消防署に電話連絡をしてご確認ください。避難の際は、必要最小限の手荷物だけを持ち、あわてず落ち着いて……』

避難という言葉に、ふと不安がよぎる。家に連絡したほうがいいのかも知れない。

そういえば、今日は朝からずっと隠れ家にいて、帰宅していない。ジュンイチの家に集まるという嘘も、もうバレているはずだ。

　この時間まで帰らないのだから、今夜は相当怒られるだろう。ボコもジュンイチも怒り狂う親の顔がはっきりと想像できた。生まれて初めて聞くヘリコプターからの避難指示より、親の顔のほうがずっと現実的だった。そんな二人の逡巡を、ジョーの言葉がかき消す。

「……あのゲーセンだ」

　足を止めたジョーの視線の先には、毒々しいピンク地にネオン管で店名が記された、ゲームセンターの看板があった。遅れて気が付いた二人も、眼前の目的地に興味を移す。

　そうだ、避難よりも先に、やることがある。わずかに翳《かげ》ったボコの心に、再び火が灯った。

「……いるかな」

　ボコの問いに「いるさ」と、ジョーが頼もしく返す。

「よし、準備いいな？」

「うん」

「バッチリです」

意思確認を終える三人。

「……行くぞ」

そうしてジョーが足を踏み出すと、自動ドアが音もなく開いた。

店内には最新のアクションから旬の過ぎたシューティングまで、様々な機種がズラリと並んでいる。どの筐体《きょうたい》もあちこちがタバコの焦げや蹴られた跡で傷んでおり、立地も相まって、いかにもゴロツキが入り浸っていそうな雰囲気だ。

閉店間際であるためか店内に他の客はいない。三人は取り巻きに囲まれながらレーシングゲームに苦戦していたそいつをすぐに見つけた。

「おっ、このっ、くっ、ワッタ、まっ、った、このっ……！」

「お、おい！　ブロディ!!」

ブロディは、ボコの声に気がつくと、面倒臭そうに振り返った。

「……なにかご用ですか？　また税金お支払いされます？　それとも、また追徴課税で袋叩きがいいですかぁ？」

ブロディのふざけた応対に、取り巻きがドッ、と沸く。

その舐めきったような態度に、火がついた三人は、口々に吠《ほ》えた。

「金、返せよ！」

「このクソ野郎が！」

「こんな犯罪許されませんよ！　親の顔が見たいもので……」

途端、ガンッ！　とブロディの拳がゲーム筐体に叩きつけられた。特にジュンイチの言葉が琴線に触れたのか、その方向を睨みつけながら、ゆっくりと立ち上がる。

「サルども……泣いて謝ってもやめねえからな……」

ドスを利かせた声で唸《うな》るブロディ。取り巻きの仲間たちも感応したように、それぞれが臨戦態勢をとる。刹那、視線を交わし合うボコ、ジョー、ジュンイチの三人。

「……ジュンイチ！」

「……ッ！」

ボコの合図で、ジュンイチはポケットに突っ込んでいた両手を突き出した。手にしたライターとスプレー缶に気づき、ブロディ一行が、ギョッとして後ずさる。

ついに来るところまで来てしまった。あとは、この作戦を信じるしかない。

ライターにかけた親指に力を込めるジュンイチ。歯を食いしばり、いよいよ着火しようとした、その瞬間――――。


ドォオオンッ!!

突如響いたすさまじい爆裂音に、その場にいる全員が身を竦めた。

直後、訪れた衝撃を受けて、ゲームセンター全体が激しく軋《きし》み、揺れる。

「な、なんですかッ？」

「地震!?」

続く振動に体を強張らせながら、ボコたちが周囲を見回していると、呆然《ぼうぜん》としていたブロディがはたと目を見開いた。途端、正面にいたボコを押しのけ、ブロディは出口へと駆け出す。慌てて取り巻きがその後に続くと、ボコたちも追って店外へと飛び出した。

＊＊＊

「な……ッ!?」

自動ドアが開いた途端、一同は「異変」に気が付いた。

先ほどまで静寂に包まれていた街路は地鳴りにも似た轟音《ごうおん》に占拠され、青白かったコンクリート壁は朱色に上塗りされている。

見ると、東の空が燃え爛《ただ》れた様に染まっていた。

「火事かよ？」

「……いえ、爆発のようです」

断続的な爆発音の遠鳴りに、ジュンイチが冷や汗を垂らす。

すると、ボコたちの頭上を二機の戦闘機が飛び去っていった。

轟音に耳を塞《ふさ》ぐボコ達。仰ぎ見ながら、ジュンイチが零す。

「F－15イーグル……基地に配備されてた……」

「……あ、アフターバーナー全開で低空飛行？　サイドワインダーもスパローもフル装備じゃねえか……」

並んで見上げていたブロディが、ジュンイチに次いで青い顔で呟く。

「……まさか……実戦……？」

ブロディが周囲を見回す。ゲームセンターの入った古いテナントビルの屋上はいつも鍵が開けっ放しで、仲間とタバコを吸うのにうってつけの場所だった。そこからなら、あのF－15が向かった先が見えるはずだ。

ブロディと仲間たち、そしてボコたちも互いに目を合わせ、次々にビルの内階段を駆け上がっていった。

給水塔のある塔屋へと上っている途中、衝撃と閃光《せんこう》が走る。ボコはおもわず梯子《はしご》にしがみついた。振り返ると、新宿が燃えていた。

＊　＊　＊

西新宿。四方が燃え盛る火の海と化した、大型都市の中空。

聳《そび》え立ったビルの壁面を、地を這《は》うかの様に登る『異形』の姿があった。

翼長10ｍを超える体軀《たいく》に相応《ふさわ》しい食欲を備え、一階を一足で跨《また》ぐ度に、窓を覗き込む。

淀《よど》んだ視界に映るのは、細い鳴き声をあげて逃げ惑う、無力な餌、餌、餌……。

『異形』は、内心で歓喜の声を上げる。あぁ、なんて優雅な夕餉《ゆうげ》だろう、と。

こんなお誂《あつら》えの餌箱を、労さずビュッフェ形式で堪能できるのだから、堪らない。

あの薄暗い洞穴の底で同族と喰《く》い合っていた頃とは、言葉通り、天と地の差だ。

一頻《ひとしき》り「一階分」を食べ終えると、再び歩を進める。どうやらこの餌どもは、地面を這いつくばるのが趣味らしい。確かに、敢《あ》えて逃してそこを追い込んでペロリとやるのも、趣がある。

長く伸びる舌で、爪で、牙《きば》で……。食感を楽しみ、肉汁を味わい、喉越しに舌鼓を打ち……。

彼らが愉悦の時を堪能していると、何やら不快な音が耳に届いた。

首をひねると、目も口も見当たらない銀の色をした鳥が、鼻先をこちらに向けているのが見えた。それが、超高速で向かってきている。

……速い。逃げ惑う餌どもとは、比べ物にならない速度だ。それに、あれはなんだ。羽のところになにか、不可解な……。

直後『異形』の面前で、曳光弾《えいこうだん》の瞬きが炸裂した。

＊＊＊

「くそ！……生きてるぞ！」

小さな爆発を繰り返しながら炎上するガスタンクの上、F－15イーグル戦闘機のコクピット内で、パイロットが表情を歪ませた。わずか1秒余りの射撃だが、打ち込んだ20㎜砲弾は百発をくだらない。それを浴び、数十階相当の上空から地面に叩き落とされたのだ。既知の生物であれば、生きていられる筈などない。まして動くことなど、ありえない。

それだというのに、地上に堕《お》とされてなお、悠々と大口を開ける『あれ』は……。

「……ッ！」

刹那、地上を這う『標的』とパイロットの目線が交差した。

反射的に操縦桿《かん》を引き、機体を大きく旋回させる。

もう一度だ。まだ動くというなら、動きが止まるまで、撃ち込むまで。

減速、軌道制御を繰り返し、態勢を整える。そうして再び射線上に対象を捉えようとしたところで、無線越しにもう一機のパイロットが吠えた。

「今度は全弾ぶち込んでや……！」

ザッ、とノイズ交じりに無線が途切れる。

瞬間、仲間の機体を赤色の光線が一閃に切り裂き、炎の塊へと変えた。

「……ッ!?」

爆炎を横目に、目を白黒させるパイロット。レーザー攻撃？　何が？　何処から？

堪らず操縦桿を握る手に力を込めた次の瞬間、視界を覆ったのは、幾重ものヒダが折り重なった歪《いびつ》な「喉」だった。

大口を開けた『異形』の牙が、ガラスを砕き、機体をひしゃげさせながらパイロットの上体に喰らい付く。

「あ……あっ……」

口腔内、洗濯乾燥機の中を転げ回る様な重力の奔流に体をバラバラにされたのち、パイロット二人は『異形』の胃の中、ミックスジュースの様な姿で合流を果たした。

＊　＊　＊

F－15イーグルの亡骸《なきがら》を踏み潰し、勝鬨《かちどき》を上げると、その周囲からは絶望の悲鳴があがった。街を、兵器を、積み上げられた文明を嘲笑《あざわら》うかの様に、人々を蹂躙する『異形』。

その名を『ギャオス』。

ニューギニアの大空洞より飛来した三十頭余りは、すでにこの「新宿」という絶好の狩場を、完全に占拠していた。

一人頬張れば、機関銃に貫かれた怪我すら癒《い》えるほどの異常な新陳代謝。

十人頬張れば、わずか数時間で体躯を倍増させる異常な成長速度。

人類の恐怖を具体化したような彼らの飢えは、この状況においてなお、満たされていなかった。

ある一頭が道端に転がる人間を頬張るのを止めて、頭を上げる。まだ翼長３ｍ、体高1.5ｍほどの幼体。同じ穴で孵化《ふか》した同族の中では最も成長の遅いほうだ。他の連中の多くは亜成体にまで達している。このままでは、次の共食いの周期で仲間の餌になるだろう。

そうだ。違う。ここに来たのは、ここに辿《たど》り着いたのは、こんなやつらを喰うためじゃない。

大きく翼膜を広げ、そのギャオスが飛び立つと、呼応する様に、すぐ隣にいた幼体もそれに続いた。

どこか近くに、いる。生存競争に勝ち残るのに必要な特別な餌が、その芳醇《ほうじゅん》な匂いが、もう直ぐ近くから……。

＊＊＊

「……うそだろ……イーグル二機とも……なんで墜ちてんだよ……」

信じがたい光景を目の当たりに、ブロディが唇を震わせる。

狭苦しい塔屋の上で肩を寄せ合う一同。その表情は、恐怖の色一色で染め上げられていた。

遠方、今尚《いまなお》炎上を続ける新宿の上空では、F－15イーグル二機を撃墜せしめた巨鳥の群れが颯爽と飛び回っている。それを眺めていたジョーが、混乱気味に口を開く。

「なんなんだよ……あれ」

「……あれは恐らく……サンダーバード」

「え？」

燃え盛る空を見つめたまま、ジュンイチが説明口調で話す。

「北米先住民の伝説の鳥です。えぐれたような嘴《くちばし》、火のように燃え滾る目、そして、自由自在に雷を落とすことができる……」

その時、またビュインッと。

東京上空を赤色の光線、ギャオスの「超音波メス」が一閃に薙《な》ぎ、雲を両断した。

「うあ……ッ！」

遅れて身構える一同。放たれた、その遥か宇宙まで届かんばかりの光線長に、息を呑む。あれの射出角度が少しでも違っていたら、今立っているこの場所だって……。

「ぐぅッ……!?」

すると、不意にボコは、焼けるような胸の痛みに襲われた。

続けて、耳の奥に氷水を流されたような、悪寒にも似た感覚が脳をふやかす。

融解するように、滲《にじ》みだす視界。異様だった。確かに、突然の災害に恐怖を感じている。突如として訪れた非日常に、この上なく困惑している。しかし、それだけじゃ説明がつかないくらいに乱暴に、全身が異様な感覚に支配されていく。

チカチカと明滅を繰り返す視界に、金属が擦れるような高音が重なる。ハッキングされたかのように意識にノイズが交じると、不意にふやけた脳みそが、覚えの無い映像を映し始めた。

蒼白《そうはく》に揺らめく、毒々しいまでの輝き。それを握りしめる傷だらけの手。願いを託すような、神に縋《すが》るような声が、在りもしない記憶の中で鼓膜を揺らす。

「……死んではならない……生き延びてくれ……『×××』」

知らない名前。しかし、深層意識の中、その響きにボコは少しだけ安心感を抱いた。

ボコの意識に飛来した「イレギュラー」に気づくこともなく、屋上に呆然と立ち並んだ子供達は、息を呑んで燃え盛るビル群を見つめ続ける。

……その背後。

無力な子供達を睥睨《へいげい》する、『異形』の姿があるとも知らずに。

＊＊＊

敵性勢力の上陸から、既に30分は経とうという、その時だった。司令室内、先遣機のエンゲージ後、固唾《かたず》を呑み状況を静観していたオペレーターは、二つのブリップが消失した途端、椅子を撥《は》ね除《の》け立ち上がった。

「どうした!?　応答しろ！　マーカス！　ジェレミー!……二機とも信号ロスト。脱出は確認できず、生死不明です」

唖然と脱力したオペレーターが振り向き様に報告すると、司令室中央後部に腰掛けたレイモンドは、組んだ両の手を軋ませ、静かに言い放った。

「……全機出せ」

破格。それは、凡《およ》そ「対生物戦闘」において、極めて過剰かつ異例な判断であった。

しかし、数刻前まで先遣隊の投入ですら疑う者の散見した司令室に、今やその言葉を過剰と取る者は一人としていない。

「……ッ！　了解しました！」

レイモンドの令達を受け、オペレーターがいっさんに通信機器へと向き直る。すると、緊張を強める司令室に、追い討ちとばかりに戦報が舞い込んだ。

「将軍！」

「今度は何だ？……いい報《しら》せだろうな」

「その……」

オペレーターが目を泳がせ、言い淀む。内容の良悪に察しがついたレイモンドは眉根を揉《も》むと、呼気を湿らせ、促した。

「……続けたまえ」

「……横須賀《よこすか》沖に展開中の艦隊が超大型タイプの飛行生物と交戦。……空母一隻、駆逐艦三隻が……大破とのことです」

冷淡に徹していたレイモンドの双眸《そうぼう》が、見開かれる。

「……なんだと」

＊＊＊

司令部からの出撃要請を受けた福生・米空軍攻撃隊第二波を担う八機が、鋼《はがね》の彗星となって新宿へと向かっていた。

「現在、新たな個体が西新宿に接近中。同型の飛行生物だと思われる。十分注意せよ。また、本戦闘においては、ミサイルの使用を許可する。くりかえす、ミサイルの使用を許可する」

「別の個体？　もっと情報はないのか？」

「今……収集中だ」

にわかに信じがたい「殲滅《せんめつ》対象」の情報に加え、都市部上空でのミサイル使用許可など異常も甚だしい。一機のパイロットが眉を顰めていると、味方機からの無線通信が届いた。

「目標地点接近。全機攻撃開始する」

眼下、燃え盛る新宿上空には、未だ蹂躙を続ける異形の群れ。

……なるほど。どうやら我々はジャパニーズ・モンスター・ムービーの世界に召喚されてしまったらしい。

武者震いを早々に切り上げ、一機が流れるようにマニューバを繰り出す。続く後続機。精密かつ、冷酷無比に練り上げられた「必殺」のフォーメーション。瞬きの間にも、km単位を翔《か》ける鋼鉄の編隊が、眼前に迫ったギャオスに、照準を定める。

すでに地上は、阿鼻《あび》叫喚の様相を呈していた。

逃げ遅れ、瓦礫《がれき》に隠れた獲物を次々に咀嚼するギャオスの様は、まるで西洋に伝わる悪魔か、いいや、それらが可愛らしく思えるほどに醜悪であった。

一頭のギャオスが両断されたバスの断面に顔を突っ込み、中の死体を啜《すす》っていると、突如、強烈な風切音が飛来した。

「ガァッ……‼」

着弾。ギャオスがその弾頭を瞳に捉える間も無く、炸裂するミサイルの爆熱波が周囲十数mの空間を灼熱《しゃくねつ》の檻《おり》に閉じ込める。強靭な体皮すらも貫通する無慈悲な熱線に、たまらず絶叫するギャオス。次いで、周辺に散る各個体が同様のミサイル攻撃を浴びると、あたりは凶獣の断末魔で埋め尽くされた。

「……よし！　いけるぞ！」

編隊の一対、四機が再攻撃を仕掛けるべく大きく旋回を始めると、フォーメーションの片翼を担うもう四機がスイッチして斉射を始める。先の報告では機関砲の有効性が怪しまれていたが、どうやら火力で押し切れそうだ。撃ち漏らした数頭が無様に墜落する様を横目に、一人のパイロットが口角を吊り上げる。すると、好調な戦況とは対照的に、司令室から緊迫した様子で通信が届いた。

「別個体が戦闘区域に急接近してるぞ」

「……了解。そいつもフライドチキンだ」

異例の任務内容だったが、どれだけ図体《ずうたい》がデカかろうと所詮《しょせん》、生物は生物。

文明の利器に歯向かう術など持ち合わせていいようはずもない。それだというのに、
平和ボケした司令部ときたら……。

「……ッ！」

そんなことを思い巡らせていた一人のパイロットは、瞬間、全ての音を失った。

次いで、視界がマゼンタに彩られ、眼球が蒸発する耐えがたい激痛と共に、その他
人間らしい感覚の全てが飲み込まれていく。

ドンッ、と。

コクピットとヘルメットを隔てても伝わるほどの空気の轟震。

「な、なんだあれはッ⁉」

「光線兵器⁉」

数機を飲み込んだ赤色光線の強襲に、その場を飛翔する隊員全員が我が目を疑った。

直後、視覚からでも聴覚からでもない「本能」に由来する危機感が、激しく警鐘を

打ち鳴らす。

ちょうど西新宿とイーグル隊を結んだ背後、上空に『居る』。

さきほど無慈悲に仲間を焼き屠《ほふ》った怪物が、すぐ背後に……！

「ッ!! 散開！ 散開しろ!!」

全身を総毛立たせて、一人のパイロットが絶叫した。強引に操縦桿を引くと、鋭角なシャンデルの軌道を描きながら機体が甲高い唸り声をあげる。明確な「一時戦線離脱」の挙動。速度を増し、迎撃に備えながら半宙返り。そのまま背後に向き直ると、先ほど光線が飛んできた方角には。

「なに……も……いない？」

筈などなく。

刹那、軽自動車ほどもある黒色爪がキャノピーを突き破り、パイロットの鼻先を抉《えぐ》った。理不尽に機体制御を掌握されたパイロットが、言葉を失う。推力20トンを誇るF－15イーグルが、規格外の体軀を誇る「怪物」の鉤爪《かぎづめ》の中で、ちり紙のように握りつぶされた。

翼長100ｍを超す『成体ギャオス』の出現に、残された数機のF－15イーグルは隊列を崩壊させ、散り散りに飛び惑う。

「ひ、飛来した同形生物により三機撃墜！　他と比較にならないほど……でかいぞ！」

咆哮《ほうこう》が辺り一面の大気を轟《とどろ》かせる中、司令室から最後の指令が通達される。

「増援到着まで……何とか食い止めろ」

ある種の宣告の様なその言葉に、その場を翔ける男たちは、同様の使命を理解した。

どうやら、走馬灯を堪能する暇《いとま》も貰えないらしい。残存機はまるで共鳴するかのようなコンビネーションで乱暴にフォーメーションを組むと、その切っ先を超巨大ギャオスの面前に突きつけた。

＊　＊　＊

一方、パイロット達の必死の攻防の遥か下方、ミサイル攻撃で火だるまとなったはずのギャオス達が、不気味に蠢き始めていた。数頭の幼体は、再生が追いつかず息絶えたままだったが、他の連中は違った。薄い翼膜には20㎜砲弾が幾つか貫通し、ミサイルの爆熱波が皮膚の一部を焼いたが、どれも程なく再生した。体が大きくなるほど、体表に発生するシールドも強くなり、大抵の物理攻撃は通用しなくなる。

いのだ。そう。火器だろうと、兵器だろうと、人間の振るう程度の暴力など恐るるに足りな

それよりも問題なのは、上空で暴れ回る一際巨大な成体のことだ。このままでは次の『共食い』のタイミングで、ここにいる個体全てが奴に食われてしまうだろう。

その焦りと強力な生存本能が、風に乗った芳醇な香りに気づく。そして彼らは、一斉に羽ばたき始めたのだった。

＊　＊　＊

認め難い現実を前に、司令室内は水を打ったように静まり返っていた。

中には歯を食いしばり、嗚咽《おえつ》を漏らす者さえ。

「……環太平洋《かんたいへいよう》統合司令部に伝達」

目を瞑《つぶ》ったまま、暫時口を結んでいたレイモンドが、沈黙を破る。

「三沢《みさわ》、沖縄、グアム、洋上展開中の太平洋艦隊もだ。航空戦力をありったけ投入するよう要請しろ」

それは、レイモンド指揮下における、実質的な最大戦力の投入指令であった。

「……それとBLU－82搭載のC－130を待機させろ」

「……東京でデイジーカッターを使用するんですか？」

「場合によったら、だ」

もはや、ざわつきさえ起こらない。

まるでおとぎ話を相手取る様な、悪夢を彷徨《さまよ》うかの様な状況だ。

すると、レーダーを睨んでいた一人のオペレーターが更なる異変に気が付いた。

「さ、相模湾上に別の飛行物体！」

度重なる凶報に、レイモンドが歯を食いしばり応じる。

「……今度は何だ？」

「わかりません……こちらに向かっています！」

この状況下における、更なる『未知』の出現。

度し難い絶望を前に、しかしてレイモンドは声を張り上げた。

「……増援を急がせろ！」

「はっ！」

「陸戦隊にスティンガー装備、基地内の要所に展開だ」

「りょ、了解しました！」

この期に及んで絶望が上塗りされようが、もはや大した意味もない。

どんな困難にあっても、ただ真っ当に使命を貫徹するのみ。

既にその場にいる全員が、濃厚に予感していた。長い夜の決着が、近づいている。

そう、それがどんな結末であったとしても。

＊＊＊

塔屋の上。突如響いた金属音に、子供達は一斉に振り返り、そして凍りついた。

F－15が無惨に撃墜されていく様を見つめていたブロディだけが遅れて振り向き、そうしてその異形を目の当たりにすると、あんぐりと口を開ける。

「キャアアアアア!!」

ブロディの甲高い悲鳴と、幼体ギャオスの鳴き声のユニゾンが、テナントビルの屋上を駆け巡った。

給水タンクの上、大口を開けて威嚇しているのは、翼長3mほどの幼体ギャオス。

群れの中で最初にここを目指した個体だった。

牙の数も読み取れるほどの距離に出現した『非現実』を前に、蜘蛛《くも》の子を散らすように逃げ出す一同。

翼膜を広げたギャオスが宙に舞うのと同時に、いの一番にブロディ達が塔屋から飛び降り、雪崩れ込むように内階段に続く入り口に飛び込んだ。

出遅れたボコ達も後を追って飛び降りるも、急接近したギャオスは塔屋の縁に着陸すると、勢いもそのままに鉤爪でコンクリートを蹴り上げる。ガリンッと嫌な音と共に、細かな破片が見上げた三人の顔に降り注ぐ。

「ひっ……！」

「こ、こっちです！　早く！」

ジュンイチが必死の形相で叫ぶ。三人の逃走劇が始まった。

＊　＊　＊

逃げ惑う三人の子供を前に、ギャオスは迷っていた。

これまで食い漁った人間は旨かったが、思えばどれも同じ様な味だった。

しかし、目前から漂うこの芳醇な香りは、違う。別格だ。こんな特別な料理が三皿もあるのだ、フォークを持つ手も止まるというもの。ギャオスは舐《ねぶ》る様に「一口目」

を迷い、故に動けずにいた。

しかし、もう限界だ。一番小柄な「餌」に狙いを付け、鋭い管の様になった舌の照準を定める。

刹那、交わった視線のその怯えた具合に、堪らず舌を射出させたギャオス。

空気を裂き、矢の如き勢いで伸びる先端が標的に迫り、そして……。

「————ッ!!!?」

＊　＊　＊

屋上床面に張り巡らされた配管にボコが躓《つまず》くと、そのわずか頭上をギャオスの舌がかすめ、先にあった変電設備を貫いた。瞬時に6600Vの高圧電流が舌を伝い、ギャオスが悍《おぞ》ましい絶叫をあげる。

「な、なんだよあれ！」

命拾いしたボコが涙ながらに叫ぶと、至って真面目な様子で、ジュンイチが応じた。

「だから……サンダーバード……間違いないです！」

「まだ、言ってんのかよ！」

半ば転げ落ちるように内階段を駆け下りる三人。眼下の自転車置場を抜け、通りに出れば、逃げ道もあるはずだ。少し走れば駅前に交番もある。そこまで逃げ切れば何とか……。

「あぁ……!!」

しかし、通りに出た途端、待ち伏せでもしていたかの様に、もう一頭のギャオスが電柱の先端で羽ばたきをした。

「何だよ！　もう一匹いるぞ！　やべーぞ！」

慌てて見回すとゲームセンターの自動ドアが、20㎝ほど開いたまま半開きになっている。

「中だッ！」

三人は、走りこんだ勢いで、自動ドアにぶつかりながら、僅かな隙間に体をねじ込んだ。順に扉を抜け、ゲームセンターの奥へと転がり込み、「アウトラン」の大きな筐体の背後に隠れた。

停電した店内は暗く、辛うじて通電している蛍光灯が、ところどころで不規則に点滅している。

「……来ました！」

ジュンイチが小声で、しかし最大限に張りつめた様な声色で告げる。

見ると、自動ドアに突っ込んだ首をくねらせ、強引に店内へと侵入するギャオスの姿があった。三人は、身震いする全身をなんとか抑え込み、深呼吸の音すら零さない様にしている。

するとジョーが、最小限の挙動で一方を指差した。ちょうど先ほどブロディが苦戦していた筐体だ。運転席下部に、三人が収まりそうな隙間がある。

小さく頷いて、先頭のジョーがそこに潜り込むと、匍匐《ほふく》前進の要領で他の二人も続いた。

動きを止め、息を潜める。

「……いいぞ、気がついてねぇ」

ジョーの言う通り、ギャオスは長い首をキョロキョロと振りながら、ボコたちの脇を通り過ぎようとしていた。ガリッ、ガリッと、フロアの床に爪を立てる音が響く。

ジュンイチが口に手を当て、漏れそうになる叫びをなんとか堪えた。

数cm、数十cm、数mと、徐々にギャオスが店の奥へと遠ざかっていく。いいぞ。大丈夫。そのまま、そう、そのまま……！

ギュイン!! ギュイン!!

「あっ……！」

突然鳴り響いた電子音に、三人は飛び跳ねた。

瞬間、ボコたちの潜んでいたレーシングゲームの画面が煌々《こうこう》と光を放つ。

考えうる限り最悪のタイミングで、通電してしまった。もはや二人を確認するまでもなく、ボコが全力で叫んだ。

「走って!!」

クラウチングスタートを切った様に、筐体から飛び出したジョー、ジュンイチ、そして、ボコが、次々に自動ドアの直前で立ち止まる。

「う……あっ！」

ドアの向こうから、醜悪な顔が店内を覗き込んでいた。大きな口からは、長い舌がだらんと垂れ下がり、その先端は黒く焦げている。先ほど屋上で高圧電流を浴びた個体だ。

目前のギャオスが、自動ドアに頭をねじ込んで、店内にゆっくりと入ってくる。

直後、もう一頭のギャオスがホッケーゲーム台を倒す音で振り返ったボコ達は、ただ柱の陰でうずくまるしかなかった。

ボコの目に映るジュンイチの両目が、恐怖の色に染まって見開かれる。

ジョーは身を翻すと、二人を守る様に抱き寄せ、固く目を瞑る。
せめて怖い思いはさせまいと、ジョーは一番に食われる場所を選んだのだ。
目の前、顎《あご》が外れんばかりに開かれた二つの口腔を前に、ボコの脳裏に奔ったのは、
――ちっぽけな後悔だった。

全部、自分のせいだ。
取られた金を取り返そうなんて言わなければ。
無線機を買おうなんて言い出さなければ。
こんなことにならなくて済んだ。
自転車にも一人で乗れないのに。
亀の一匹、一人で助けられないのに。
これが、最後の……。
最後の夏休みだったのに。

――光。
蒼白《あおじろ》く、毒々しいまでに煌《きら》めくエネルギーの塊に、視界の全てが埋め尽くされた。

次いで訪れた衝撃波が、壊れた自動ドアを突き破り、ボコの眼前を薙ぎ払う。ゲームの筐体も、ベンチも、二頭のギャオスでさえも、悉《ことごと》くを吹き飛ばす。

「――――ッ‼」

ボコは反射的に頭を抱えて、叫んでいた。すぐそばで、同じようにジョーもジュンイチも、口々に叫び声をあげる。しかし、それはエネルギー波の放った轟音にかき消され、そうして全てが止んだ後、フロアには冷たいくらいの静寂が訪れた。

顔をあげたボコが最初に気づいたのは、匂い。

まるで雷雨の中にいるようなオゾン臭が鼻腔を駆け抜けた直後、今日二度目になる異質な『意識のざわつき』に心臓が高鳴った。

まただ。意識をハックされる様な、あの感覚。そしてあの甲高い音が頭の中で幾層にも重なる。

しかしそれは、屋上でギャオスの吐く赤い光線を見たあの時とは何か違う。まるで期待していた予感が、目の前に訪れた様な……そんな、内からのざわめき。

そうしてボコは、引き寄せられるように立ち上がった。

「……おい、ボコ！」

我を取り戻したジョーが、自分の腕から解き放たれた友人の名前を呼ぶ。

ジュンイチも身を起こすと、ボコの歩みが目指す先、光の発生源を呆然と眺めた。

＊＊＊

外に出ると、先ほどまでの景色は、どこにも見当たらなかった。

粉砕された街路は瓦礫の山に成り果て、立ち並ぶテナントビルに遮られていた紅の夜空が剝き出しになっている。

そうして立ち上る土煙の先、ボコは『それ』がやって来たのだと、気がついた。

絶望に染められた空を貫いて、悠々と立ち聳える、漆黒の巨軀。

蒼白の光を灯した獰猛《どうもう》な瞳が、遥か眼下のボコを見つめ、瞳孔《どうこう》を開く。

未知との邂逅《かいこう》を果たした少年は、知るはずもないその名前を、確かに呼んだ。

「……『ガメラ』」

＊＊＊

ガメラ、と呼ばれた怪獣の視線の先。

濃紺の夜闇の下、立ち揺らめく紅炎を背景に、幾頭もの異形が影となって迫る。

互いに縄張りを荒らし合った訳でもない。捕食し、捕食される関係にある訳でもない。

それは、まるで宿命であるかの様に。……当然に。

「ギャアアアアッ!!」

突然に、戦いの火蓋が切って落とされた。

短く鳴き声を繰り返すギャオスの群れが、一斉に飛行速度を上げる。

迫り来る臙脂色《えんじいろ》の弾丸を前に、ガメラは山鳴りの如き雄叫《おたけ》びをあげると、大きく胸を膨らませた。

あたりの大気を喰らい尽くさんばかりの、気流さえ巻き起こすほどの『吸引』。

赤熱する胸部にプラズマが迸《ほとばし》り、凄《すさ》まじい濃度のエネルギーが、更に密度を高めていく。

……刹那、一頭のギャオスの羽ばたきが、わずかに鈍った。

それは、ギャオスが知るはずのない、自身でも理解の及ばない『反応』。

空を占領し、他の生物を蹂躙する為に生まれた彼らにとって、必要のない感情。

そう、紛れもない『畏怖《いふ》』であった。

「────ッ!?」

射出された炎の塊を前に、ギャオスの本能が、咄嗟《とっさ》に回避行動を選択した。20㎜砲弾に撃たれ、ミサイルに焼かれた時も『避《よ》けよう』などとは思わなかったが、200mほど先にいる巨軀から発射されたあれは、何かが違う。

幸い弾速は遅く、着弾まで2~3秒はかかりそうだ。これなら余裕で躱《かわ》すこともできる。どれほどの炎でも、接触しなければ脅威になりようはずもない。

直後、直径5mの巨大な火球がギャオス群に接近する。中心部の興奮状態にあった数頭は直撃を受け、蒸発。それを横目に周囲の六~七頭は、火球の進路から20mほど距離を取っていた。

しかし。避けたはずのギャオスたちの眼前の景色が、瞬間、音もなく歪む。

「────ッ!!」

圧倒的な輻射熱《ふくしゃねつ》に晒《さら》されて皮膚は焼け爛れ、眼球内部が沸騰し、水晶体が弾け飛んだ。

高速回転するマグマ状のコアとプラズマ。その灼熱の渦の塊の至る所に迸る、無数の小さなパルス放電が、ギャオスの兼ね備えたシールドを悉く無力化していく。

為す術のないギャオスたちの体表で、高温に暴れ出す体液が無数の水脹《みずぶく》れを作り、

次々に破裂した。

――――『火焔弾《かえん》』。

ガメラが放った、太陽と見紛《みまが》わんばかりの炎が、停電の街を白昼の如く照らした。

＊　＊　＊

「すげぇ……」

ガメラの足元、唖然と見上げるボコの瞳が、鈍く輝く。

一部始終を並んで見ていたジョーとジュンイチも、呆然と立ち尽くしている。

「……ちょ、後ろ！」

不意にジュンイチが叫ぶと、ボコとジョーはハッと気を取り戻し、慌てて振り向いた。

崩壊したゲームセンター内、先ほどまで三人に迫っていたギャオスの一頭が、よろよろと上体を起こしている。

「やばい……！　ボコ！　ジュンイチ！　逃げるぞ！」

「うん！」

「はい！」

ジョーの掛け声で、再びの逃走を始める三人。荒れ果てた街路の端を猛ダッシュで駆けていく。

「……追ってきますよ！」

見ると、ゲームセンターから這い出したギャオスが確かに追いかけて来ている。

が、その片目は潰れ、翼膜は破れ、どうやら足も一本折れている様だ。

周囲は建物の崩落が功を奏してか、隠れる場所も多い。油断はできないが、あの状態であれば、恐らく逃げ切れるだろう。ボコが安堵に胸をなでおろしたその時。

駆け抜けた街路脇の狭い空間に、見覚えのある少年の姿があった。

「あぁっ!!」

「おい!!　何やってんだボコ！」

「あいつ、まだあそこに……」

「はあ？」

そうして路地を覗き込んで、ジョーはボコの動揺に合点がいった。

仲間に置いていかれたのか、半泣き状態のブロディが、腰砕けになって蹲っている。

「な、何やってるんですか！　早く！」

ゆっくりと、しかし確実に迫るギャオスを指し、ジュンイチが声を荒らげる。

腰を抜かしたブロディを抱えて走れるほど、三人には余裕がない。ここで足を止めてしまっては、それこそ全員共倒れだ。

ジョーは歯を食いしばり、ブロディから目を逸《そ》らす。しかし、ジュンイチの方へと駆け出そうとした瞬間、頭に嫌な予感が過ぎった。振り返ってみると……やはり。

＊　＊　＊

上空。

『火焔弾』の爆熱波を辛くも生き残った十頭ほどのギャオスは、各自散開して、ガメラに五月雨《さみだれ》の突撃を開始した。

射程圏で呑気に飛んでいては、また先ほどの「一撃」の餌食《えじき》になるのは明らかだ。ならば、選ぶは特攻一択。

近接であれば、シールドが焼かれることもない。数的有利はギャオスにある。僅かな隙さえ見つければ、あとはそれを押し広げ蹂躙するまでだ。

威嚇し、牽制し、攪乱し、そうやってギャオスたちが虎視《こし》眈々《たんたん》と狙いを定めていると、突如空気を、漆黒の刃《やいば》が断ち切った。

「ガアアァッ！」

刹那、ガメラの振りかざした爪が、一頭のギャオスを三枚おろしに切り裂く。続けざまに放たれる巨腕の握撃が、更に一頭を捉え、その体軀を再起不能に握りつぶした。そしてまた一頭、また一頭と、ギャオスたちが羽虫の如く地に堕とされていく。

……どうしようも無い失策。火焔弾だけではない。ガメラのその残忍に研ぎ澄まされた爪もまた、シールドを破る、問答無用の脅威であった。

絶望の警鐘を脳内に鳴り響かせながら、残り三頭となった残党が全力の超音波メスを放つも、ガメラの体表を覆い尽くす強靭な鱗《うろこ》を前に、僅かに火花を散らすばかり。

専売特許と慢心していたシールドですらも、ガメラのそれの方が一枚も、二枚も、上手であった。

間も無く、撃墜されたギャオスの亡骸で地上が埋まると、ガメラは獰猛に吠えた。

＊＊＊

一方、地上。

路上では、迫り来る隻眼のギャオスを前に、一人残ったボコが真正面から仁王立ちしていた。

その光景を前に、ジョーが目を見開く。

……まただ。今まで、もう何度も立ち会った、ボコの無鉄砲な勇気の実行。

あまりに無謀なその行いに、半ば呆れながら声をあげようとしたジョーだったが、ふと、ボコが手に握ったそれに気が付いた。

「……お前は本当に」

ボコは思い切り振りかぶると、手にした「手製催涙弾」を目一杯の力でギャオスにぶつけた。突然の「獲物」の反撃に、ギャオスが短い奇声をあげて怯む。

続けざまに催涙弾を投げつけるボコ。周囲を唐辛子由来の赤い煙幕で覆われたギャオスが、咽《むせ》ぶように何度もえずく。

ブロディに傷つけられ、ブロディを倒す為に準備した催涙弾を、ブロディを守る為に使うのだ。ボコは、どこまでもそういうやつだった。

「……ッ！」

次の弾を投げつけようと振りかぶったボコの手から催涙弾を取り上げると、今度はジョーがそれをお見舞いした。

ふん、とジョーが鼻を鳴らすのを見て、ボコの口元がニッと吊り上がる。

その二人の様子を、ブロディが唖然と見つめていた。

「お前ら、なんで……」

「いいから！　早く立って下さい……！」

状況を察し、駆けつけたジュンイチがなんとかブロディを起こそうとするも、一人では力が足らずに上手《うま》くいかない。それに気づき、最後の催涙弾を放ると、ジョーも救出に加わった。

「クソッ、重んめぇ!!」

「ぐうぅ……ッ！」

最後にボコが加わり、ようやく脇道からブロディが引きずり出される。

その傍らでは唐辛子粉に視覚を潰されたギャオスが未だ翻筋斗《もんどり》を打っていた。子供の悪戯《いたずら》の様な反撃も、水晶体の未熟な幼体ギャオスには、効果覿面な様子だ。

しかし、ギャオスの視界を奪ってしまったことで、事態は却《かえ》って悪くなってしまった。

「……やばい!!」

途端大きく開かれたギャオスの口腔に、赤色の光が灯った。

人間の肉など粘土細工の様に細切れにしてしまう、ギャオスの『超音波メス』。

混乱の最中、その力を振り回さんとギャオスが放射の構えを取った。

「……ッ!!」

一斉に伏せる子供達。しかし、次いで訪れたのは熱光線に切り裂かれる痛みではなく、突き上げられる様な途轍《とてつ》もない『振動』だった。

「う……わぁッ!!」

コンクリートがまるでトランポリンの様な弾力で、ボコたちの体を宙へと跳ねあげる。

予想だにしない現象に目を白黒させるボコが、中空で目の当たりにしたのは、大地を踏み抜く漆黒の巨脚だった。

地形すら変形させるガメラの超重量の踏みつけ。ギャオスの体は、まるで押し花の様にコンクリートに貼り付けられた。

子供達を見下ろすガメラの青白い双眸が、自身の足先から僅かにはみ出たギャオスの亡骸を捉え、鈍く輝く。ボコたちは、またも窮地を救われる形になった。

「……沼の亀じゃないよね？」

「いや、デカすぎだろ……」

流石に突っ込むジョーだったが、ボコは存外、常識外れとも思わなかった。

なにせ、あたり一面、非常識を煮詰めた様な光景だ。もしかしたら、そんなこともあり得るのかもしれない。

ふん、と満足した様に目を細めると、少年たちに背を向けるガメラ。わずかな静寂に誰もが息を吐きそうになった、その瞬間。

「――――ッ!?」

夜空を切り裂く極太の超音波メスが、ガメラの鱗装甲を貫いた。

＊＊＊

熱に浮かされた様な、長い夜が続く。

司令室中心に備え付けられた大型モニターに、二頭の巨影が映し出されていた。

これが偵察ヘリの撮影した「実際の映像」だというのだから、悪い夢もいいところだ。

「もっと近づけんのか？」

「……こ、これ以上は無理です！」

夜間の超望遠レンズ、かつＮＴＳＣのビデオ解像度では、細かい戦況は読み取ることができない。

画面を食い入る様に見つめていたレイモンドが短く嘆息を零すと、後方のオペレーターが声を張り上げた。

「ちょ、超大型サイズの鳥型生物と亀のような別の生物が戦闘しています！　街の北西部はふみつぶされて……、壊滅状態です……！」

そうして続けざまに。

「鳥型生物のほとんどは、相模湾から突如出現し超高速で飛来した、あの亀のようなやつに殲滅されたようです！」

現実離れした報告が、レイモンドの鼓膜を打つ。

暫時、瞑目《めいもく》するレイモンド。身を翻し、指令席にどっかりと腰を下ろすと、事も無げに口を開いた。

「……生物というのは音速で飛行できるものかね？」

「さあ……わかりません」

「……あれは何と言ったかな、日本人が大好きな……モンスタームービーの……あれだ」

「怪獣……ですか？」

「そうだ……その怪獣が出現して、この基地の目と鼻の先で暴れてる」

まるでジョークでも語るかの様にジェスチャーを交えながら、憮然《ぶぜん》と続けるレイモンド。

「こんな馬鹿げた奴らと闘う方法を、士官学校では教えてくれたかね？」

オペレーターが返答に困っていると、再びレイモンドが嘆息を漏らす。

無駄話を切り上げ、脇に控えた参謀役に目線を飛ばす。

「それより増援はまだか!?」

「あと10分ほどで目標地点に到達します！」

新たな脅威……亀型生物の出現によって、イーグル隊を壊滅せしめた小型は一掃された。

しかし標的の数が減ったところで、最悪の状況は改善の兆しを見せるどころか、悪化の一途だ。首都の中心部に居座る二頭の超大型獣。やつらに対抗できる可能性のあるカードは、既にそう多くはない。

まるで『ジョーカー』の切りどころを渋るかの様に、レイモンドが目を細める。

「……BLU－82搭載のC－130は？」

「いつでも発進できます」

「……増援隊がもし壊滅するようなら」

レイモンドの言葉尻に、諦めにも似た冷酷さが滲む。

言い淀む高官の言葉を待たず、参謀役は覚悟を決めた表情で、深く頷いた。

＊＊＊

「ゴアァァアァアァァッ!!」

青緑色の鮮血を噴き上げながら、ガメラが苦悶《くもん》の表情を浮かべる。

同胞の亡骸の上に悠然と降り立った超大型ギャオスは、紅玉のような眼球をギョロリと動かし、眼前の巨獣を睥睨した。蒼と紅。音もなく交差する、一対の超大型生物の眼光。まるで旧知の好敵手との邂逅を果たしたかの様に、両者のボルテージが上がっていく。

「ギャアアァァァ!!」

「ゴアァァァァァア!!」

鳴り渡る一対の大咆哮。それをゴングの代わりに、両者がぶつかり合った。

膨大な運動エネルギーの衝突が放つ猛烈な空気の振動に、あたり一面の街並みが瓦礫と化し、弾ける。

圧倒的な膂力《りょりょく》を誇るガメラの突進を受け流すと、すぐさま両翼を大きく展開したギャオス。

僅かな羽ばたきで優雅にその巨軀を空中に舞わせると、ガメラの上体に鉤爪を突き立て、蹴り飛ばした。

「グオォッ!」

怯む、ガメラ。対照的に、その衝撃を浮力に変えて飛翔するギャオス。制空権を完全に掌握すると、風切り音を轟かせながら、ガメラの周囲を旋回し始めた。

太い首を左右に振り、強襲を警戒するガメラ。

言うなればギャオスは、超大出力の「メーザー兵器」を備えた、小回りの利く超大型戦闘機だ。頑強な体を持つガメラとはいえ、空対地、三次元からの猛攻を許してしまっては一溜まりもない。ギャオスは、その優位性を本能で理解していた。

「ギアァァッ！」

翻弄《ほんろう》するかの様に8の字の軌道で旋回、ガメラの背後に回り込むギャオス。

死角を取られたガメラの視線が、中空を彷徨う。その一瞬の隙をギャオスは見逃さなかった。

ガパッと開けた大口に、赤色の光が収斂《しゅうれん》し、線となって解き放たれる。わずか1.8秒のチャージで放たれた『超音波メス』の摩擦熱が大気を焼き、音速の刃がガメラの背に迫った。

着弾、そして……。

「────ッ⁉」

霊峰と見紛うガメラの背甲が『超音波メス』を弾き飛ばし、霧散させる。

わずかな身じろぎに必殺攻撃を受け流され、面食らった様に狼狽《うろた》えるギャオス。

振り向くガメラの喉部《こうぶ》は赤熱し、迸る稲妻が膨らんだ胸を駆け昇る。

こちらも必殺の構え。瞬時にこの戦況を予感し「すでにチャージを終えていた」ガメラが、一枚上手であった。

刹那、口腔を開け広げ「火焔弾」を連射するガメラ。

三連発、飛行軌道上に放たれた火球はギャオスに肉薄。初弾、次弾が、ギャオス後方の夜闇に吸い込まれ、そうして三弾目がついに巨翼を焼き貫いた。

「グギャァ‼」

絶叫を轟かせ、飛行姿勢を大きく崩すギャオス。四肢を暴れさせ、著しく高度を落としながらも寸前、なんとか中空に留《とど》まった。

その一瞬。そのコンマ数秒を狙い澄ましたかの様に「四弾目」の火球がギャオスの体表を紫色に照らす。その距離100m、50m……「超音波メス」の迎撃……。いや、間に合わない。

「ギャァァァァッ！」

もろに火焔弾の直撃を受けたギャオスの右足が、炎となって焼け落ちる。

致命傷を受けたギャオス目掛け、街の残骸をはねあげながら、猛進するガメラ。

しかし、その攻勢が仇《あだ》となった。ギンッと気概を取り戻したギャオスは身を捩《よじ》らせると、ガメラの勢いを利用し、鱗装甲の薄い肩口に、残った片足の鉤爪を突き刺した。

「ゴアァッ⁉」

そのまま肩を掴まれ、ガメラが僅かに両脚を浮かす。

すかさず放たれる、超至近距離からの『超音波メス』が、ガメラの表皮を無慈悲に刻んだ。首筋から夥《おびただ》しい鮮血を噴きあげ、悶絶するガメラ。断続的に放たれる高熱の刃に、しかしその眼光は、緩まない。

グオン、と。

ガメラが掴まれたままの上体を勢い良く屈《かが》ませると、まるで背負い投げの様な格好でギャオスが投げ落とされた。轟震する大地。地に堕ち、横たわったギャオスの首を、ガメラの巨脚が踏み砕く。

「ガギャッ……!!」

短く呻く、絶体絶命のギャオス。

身をよじらせ、なんとか空へ戻ろうともがくも、戦況はすでに地対地。一転して見上げる巨山の双眸から、逃れる術は見当たらない。

ガメラの右腕がギャオスの数十mにもなる尾を掴むと、超硬度の鱗同士が擦れ合い、スターマインと見紛うほどの火花が散った。

そのままギャオスの巨軀をこともなげにぶん回し、大地へと叩きつける。

弾力のある旅客機の様なギャオスの身体が、瓦礫の海を数度跳ね、ついに動きを止めた。

パリッ、と一筋のプラズマが瞬き、大気が収束を始める。

五指を握り、開けた大口へ必殺のエネルギーを溜めるガメラ。

痙攣するように身を震わせるギャオスも、同様に、赤色光のチャージを開始する。

窮地。いや、すでに死地か。しかしギャオスの紅の瞳には、諦めの色など微塵《みじん》も浮かばない。双方、相手にとって不足なし。全身全霊の「一撃」の予感に、あたり一帯の大気が激しく啼《な》く。

そして……。

赤熱した胸部をさらに過熱させ、蒼白のスパークが最高潮に達すると、ガメラの口腔に、太陽の如き光が輝いた。

「────ッ!!」

射出される『火焔弾』の光がギャオスの視界を白熱色に塗りつぶす。

飛翔も、爪も、音速の刃すら間に合わない。あぁ、憎らしい。次は、次こそは。

──着弾。

芽生えた激しい憎悪を胸に抱えたまま、ギャオスの全感覚は、劫火《ごうか》の中へと溶けていった。

＊＊＊

着弾から遅れること数秒。

放たれた火焔弾の熱波が、衝撃波が、ようやく遠く離れたボコたちに到達した。

「うわっ！」

「あち、あち、あちっ」

「すんげえ離れてんのに！　めっちゃ熱ぃ！」

顔を焼くような強烈な熱風に、たじろぐ三人。遠方、昭和記念公園の方角には、焼け焦げた敵の亡骸を見下ろすガメラの姿があった。


決着。

そんな言葉がボコたちの脳裏をよぎる。

街を蹂躙し、イーグル隊を壊滅させ、先ほどまで自分たちを追い詰めていた『脅威』の悉くが、一体の巨獣に葬り去られたのだ。

言葉もなく、ただただ眺める少年たちの胸に、不意に安堵感が押し寄せる。

「守ってくれたんじゃないか」と。ボコがそう零しそうになったその時、巨獣を見つめる視界に、幾筋もの光が走った。

「ああっ!!」

直後、巨獣に着弾したのは、数発のミサイル弾。

上空、飛来した八機の増援戦闘機が、続けざまに焼夷弾《しょういだん》を投下していく。

「米軍の増援機ですね」

「やべえ、早くここから逃げっぞ!」

身じろぐガメラの周囲を、ナパーム弾の豪炎がとり囲む。

「ゴアアァアアアッ!」

夜空を見上げ、一度大きく吠えると、ガメラはその巨軀を大きく屈伸させた。

そうして四肢を閉じ、飛行形態に転じると、脚部のルーバーから青白いプラズマジェットが噴射する。強烈な推進力を得たガメラの全身が、浮遊、加速、そして瞬く間に音速の飛翔体となって、夜空に消えていく。それを追うアフターバーナの追跡もどうやら間に合わなそうだ。

目を落とすと、ジョーの足元では、股間《こかん》に恥ずかしい染みを作ったブロディが情けなく横たわっていた。

「どうすんだよこいつ……」

「屈強な肉体とは裏腹にメンタル弱めですね……」

恐ろしくすら思えたブロディも、あの怪物たちに比べると可愛げすら感じられた。

ジュンイチが呆れて肩をすくめる傍、ボコが表情を綻ばせていると、瞬間、ボコたちは強烈な光に照らされた。

「うっ……!!」

「あれって……」

バラバラとプロペラ音を響かせながら、現れたオレンジ色のUH−1ヘリコプターが、廃墟《はいきょ》と化した街路に降り立った。

機体の所属を表すエンブレムは、軍のものではない。

……『ユースタス財団』。

そのシンボルマークがペイントされたドアから颯爽と現れたのは、これまたやはり軍服姿の人間ではなかった。殺伐とした風景にはミスマッチな、澄んだ声色が耳に届く。

「ふう。……君たち平気？　怪我は無い？」

羽織った白衣と亜麻色のショートカットを靡《なび》かせ、女はそう言うと、心配そうにしながら子供達に歩み寄った。

「……あんたら何？」

ジョーが、警戒心を露わに訊ねる。

その横でジュンイチが、慌てて手をブンブンと振った。

「わ、私たちは悪いことは一切していませんから！」

二人の様子に白衣の女は柔らかに微笑むと、一層優しげな声色で告げる。

「……驚かせてごめんなさい。ちょっとだけ話を聞かせてほしいの」

「……話？」

首をかしげるボコの前に、続いてスーツ姿の男が現れた。うねる前髪をこれ見よがしにかき上げながら、タレ目がちな甘いマスクで見せつける様に笑みを作る。そうしてスーツ姿の男は、白い歯を光らせながら、ボコの問いかけに応じた。

「キミたちを襲ったあの巨大な鳥……ギャオスの事だ」

告げられたその名前が、プロペラから放たれる非常識な騒音にかき消されていく。

未だ高鳴ったままの胸の鼓動に、子供達は非現実の訪れを実感していた。

ただ始まって、ただ終わるはずだった、夏休み。
そんな最後の夏休みの、ある日。
少年たちは『怪獣』と出会った。

第二章　地下水道

新宿を火の海へと変貌《へんぼう》させた『怪獣』の襲来、その同時刻。

米軍福生基地・ユースタス財団研究棟の分析室内に、けたたましい電子音が鳴り響いた。

分析室の中央、電磁シールドケースの中に、金茶色をした『増殖球』と呼ばれる球体が浮かんでいる。その数、およそ二十個。

「……ん？」

モニターしていた財団研究員が、異常を示すセンサーの数値に気がつき、首をかしげる。

財団の厳重かつ慎重な輸送によって運び込まれた増殖球は、外的要因の一切が伝わらないようにシールドされている。不備でもない限り、理論上は不安定な状態になど、決してなり得ないはずだ。それだというのに、増殖球より生じるこのパルスは、一体……。

ジリリリリリリッ!!

「なんだ……ッ!?」

突如として鳴り響いた『ギャオス』の襲来を告げる警報に、研究員たちは激しく狼《ろう》狽《ばい》した。

「まさかフィリピンを襲った個体が、ここまで……!?」

聞き及ぶ情報に予感が重なり、研究員たちは半ばパニックになりながら避難を始める。些《さ》細《さい》なモニターの異変など、もはや誰も関心を向けなかった。

そう、誰一人として、気づくことができなかったのだ。

鳴り響く警報の中、誰もいなくなった分析室で、人知れず。

コポリ、コポリと。

新たな『脅威』が、小さな泡《あぶく》を吹き始めていたことに。

＊　＊　＊

「なお、目撃された巨大生物については、国連と米軍主導による科学的な調査が、本日中にも開始されるとのことです。依然として倒壊の危険がある建物も多く、警察や消防、自衛隊による生存者の捜索と復旧作業は難航を極めているとの……」

そんな画面を眺めながら、ポツリ。

「引っ越し先、大丈夫かしら？」

ギャオス襲来から一夜明けた、ボコの家のリビング。

昨夜の惨劇を報じる緊急ニュースを眺めながら、腕を組む母・藍子は、余所事《よそごと》とばかりに零《こぼ》した。隣町では陸上自衛隊が必死の救命活動を敢行しているというのに、近所周辺には緊張感のない朝の風景が散見している。

「……有識者による対策委員会の設立、国連および在日米軍による協力体制の確立に向け、可及的速やかに調整中ですので、国民の皆様におかれましては、冷静な行動を心がけて頂きたいと……」

官房長官の緊急会見を適当に眺めていた藍子は、ふと腕時計の長針の角度に気づくと、ギョッと目を丸くした。

「……ああ！　もう、行かなきゃ」

プツンッとテレビの電源を落とし、慌てて玄関に足を向ける。

パンプスの踵《かかと》を靴べらで立たせながら、振り向きざまに藍子が声を張った。

「お母さんもう行くから！　今日はあんまり出歩いちゃダメよ！」

すると、ボコの部屋から「……はーい」と気だるげな声が返ってきた。

あの息子は本当に、わかってるんだか、いないんだか。

藍子が玄関を閉める音が響くと、いよいよボコはくるまっていた夏布団を撥《は》ね除《の》けて、目を爛々《らんらん》と輝かせた。

「いい……」

自室のベッドの上、手にしたトランシーバー型の通信装置を興奮気味に掲げると、ボコは一層、鼻息を荒くする。

「いいよコレ！　あの無線機より全然イイ！　こういうのが欲しかったんだよ！」

端末の名は『コミュニケータ』。ユースタス財団が科学力の粋を結集して実現させた、携帯型衛星双方向通信装置だ。

「どういうテクノロジーなんでしょうね……昨夜から充電や電池交換もしていませんし……最新の軍事技術……いやこれは月面開発でも使われているかも……」

「月!?　月とも話せんの!?」

コミュニケータから流れるジュンイチの声に、テンションも高くボコが応答を返す。

すると、無邪気にはしゃぐ二人の会話を、ジョーの声が遮った。

「お前ら、危機感なさすぎだろ……あんな目に遭ったってのによ……」

「だってさ……これだったらさ、俺が引っ越してもいつでも話せるじゃん！」

「まあ、そうだけどよ……」

　自室のせんべい布団の上でジョーは胡座《あぐら》をかいていた。

　確かにボコの言う通りで、結果的に「皆がいつでも話せる状況を実現する」という念願は叶《かな》ってしまったわけだが、その経緯がどうも腑《ふ》に落ちない。開け放った窓から入り込む夏風を浴びながら、ジョーはむすっと手にしたコミュニケータを睨《にら》みつける。

「いや、すごいです……このサイズで双方向通話と衛星通信を実現させ、これほど長時間通話可能なバッテリーだなんて……」

　自室の作業テーブルに肘《ひじ》を立て、手にしたコミュニケータを見つめているジュンイチ。デジタル・ディスプレイに表示される各種パラメータや、画面周囲に備えられたボタンを愛《いと》おしそうに撫《な》でながら、うっとりと頰を緩める。

「んぇ？　これジュンイチのドキドキ？」

　画面に表示されるジュンイチの心拍数の変化に気づくと、ボコは興味津々に質問した。

「そうです。他にも血圧、緯度、経度、……えーとこれはなんだろう……？　うーん……すごい。この技術の医療システムなら遠隔地のお年寄りの……」

「うるっせぇっての！　お前らちょっと落ち着けよ！」

エスカレートする二人の調子に、いよいよジョーが声を荒らげた。

「……ったく昨日は死にかけたんだぞ！……ひでぶーだぜ」

ジョーが、つまるところの「やってらんねぇ」的な意味の言葉を口走る。

それを聞いてボコとジュンイチが言葉に詰まっていると、コミュニケータから意地悪な声が飛び出した。

「あぁ、マジひでぶーだな」

声を聞いた三人が、それぞれの部屋で、三者三様に飛び上がる。

「その声は、あなた確か……ブロディさん、でしたっけ？」

「ブロディってのは『納税者』の皆さんが勝手にそう呼んでんだ。本名はダグラス・ケン・オズボーン」

突如通信に割り込んできたブロディはそう宣うと、豪奢《ごうしゃ》な自室に備えられた椅子の背にドッカリと凭《もた》れかかった。

その能天気な態度が鼻についたのか、ジョーが食ってかかる。

「知るかよ！　お前の名前なんかどうでもいい！　話に入ってくんな！」

「そうカッカするなって。一緒のヘリに乗った仲だろ？」

「好きで乗ったんじゃねえ！　変なオッサンに乗せられただけだ！」

食えないジョーの態度にブロディは肩を竦《すく》めると、途端に表情を凜々《りり》しくして、重々しく呟《つぶや》く。

「理由はどうあれ、俺もお前たちもあの場にいて、一緒に話を聞いたんだ」

表情を見ずとも、ブロディが真剣な面持ちであることが三人に伝わる。

それぞれの脳裏に、昨夜の出来事が鮮明に浮かび上がった。

恐らく、いや、間違いなく……。

自分たちは昨日、明確に『非日常』へと足を踏み入れてしまったのだ。

「俺たちはもう……この街を守る仲間だ」

＊＊＊

——昨晩。ユースタス財団・研究棟。

分厚い耐火扉を開け、ボコ、ジョー、ジュンイチ、そして気絶から目覚めたブロディが案内されたのは、四方を磁器のような壁材で囲まれた、財団の会議室だった。

壁の一辺には、長方形の窓があり、階下の研究設備を一望できるような作りになっている。

「す、すっげぇ!!」

「こ、これは……まさか、福生基地の中にこんな研究施設があるなんて……」

部屋に入った途端、ボコとジュンイチは目を輝かせて駆けていく。

「お前ら、なんでそんなにうっ……ぷ。げ、元気なんだよ……」

ジョーはと言うと、乗ってきたヘリコプターに酔ったのか、定期的に口を押さえてはえずいていた。ブロディもブロディで、散々痴態を晒《さら》したのが効いたのか、沈んだ顔で神妙にしている。

「あれ、なんでしょう……」

「え？　どれどれ？」

階下、研究施設内に運び込まれてくる何かを指し、ジュンイチが興味津々にメガネを光らせる。見ると、積み上げられた60㎝四方の半透明ラックの中に、それぞれ、毒々しい色をした何かが入っている。どこかで見たような色だな、と、観察するボコだったが、それが「刻まれたギャオスの死骸《しがい》」であると気づき、全身が総毛立った。

「うっうわあぁぁぁッ!!」

尻餅《しりもち》をつくボコの背後から、クスクスと小さな笑い声が届く。

「大丈夫よ、もう死んでるわ」

口元に手をあて微笑んでいた白衣の女は、ボコの手を取って起こすと、強化ガラスの前に立つジュンイチの脇まで歩み寄った。

「損傷の少ない箇所を選んで、採集したの。あれでも最新鋭の保管ケースなんだけど……やっぱりダメね。原因不明の溶解で、ほとんどのパーツが原形をとどめていない。サンプルどころか、ガスすら出ないなんて……」

幼さの残る白衣の女の顔が、凛《りん》として「サイエンティスト」の表情を作る。

その横顔に見入っていたジュンイチが、ハッとして口を開いた。

「それって、つ、つまりあの生物は……！」

すると背後、鉄扉がガチャンと音を立てて、開いた。

「待たせてすまない。官房長官への説明に手間取ってね」

相変わらずキザに白い歯を光らせると、現れたスーツ姿の男はそう言って笑顔を作った。

ジョーがそれを苦手そうに見つめていると、傍に立ったブロディは途端、背筋を伸ばして表情を強張《こわば》らせた。それに気づいたスーツ姿の男が、何か思い出した様な調子で声をかける。

「あぁ、そうか、君が……」

「は、はい。あの、お世話になっています」

ブロディの突然の敬語口調に、ジョーが目を丸くする。

それを受けて簡単に頷《うなず》くと、スーツ姿の男は会議室を突っ切ってスクリーンに足を向けた。

白衣の女も踵《きびす》を返すとそれに続き、一同を見回して、和やかに告げる。

「それじゃあ、本題を話しましょうか」

＊＊＊

「私はジェームス・タザキ。ユースタス財団のエージェントだ」

「ユー……スタ……え？」

「世界的なエネルギー資源開発の団体です。確か月面開発でも莫大《ばくだい》な投資をしてますよね」

　大型スクリーンの脇に立つタザキの自己紹介を、ジュンイチが補足する。

『ユースタス財団』の権威は大人なら誰しもが知るところだが、子供となると話は別だ。

「月面開発」と聞いて実感が伴ったのか、ボコが「ほえ〜」と間の抜けた声を上げる。

「……私はエミコ・メルキオリ。財団のサポートサイエンティスト。よろしくね」

　タザキに続いて手短に自己紹介を終えたエミコが、手元のプロジェクター操作盤に目を落とす。直後、パチッと室内の照明が落ちると、大型スクリーンに一枚の写真が映し出された。ハッと息を呑むボコ達。その姿は紛れもなく、昨夜新宿を火の海へと変えた、超大型ギャオスの姿だった。

「私たちはキミたちが遭遇した巨大生物……『怪獣』の調査と対策を極秘に進めているの」

「怪……獣……」

　ヘリに乗り込む前にも聞いた、その呼称。ボコが確かめるように口にすると、エミコは小さく頷いて説明を続けた。

「財団は『あれ』を発見して以来、そう呼んでる」

　パッと映像が切り替わると、映し出されたのは与那国《よなぐに》島採掘基地、発掘当時の断片写真。

「今から十年前、財団の資源調査の過程で、海底下地層に謎の空洞が発見された。そこにあったのが……この死骸だ」

　次いで切り替わる画面に、不気味な軟体生物のような死骸が映し出される。

　死骸の傍に立つ調査員とのスケールの対比に、ボコは思わず生唾《なまつば》を飲み込む。

　昨晩一同が目撃した、超巨大生物たちの姿。それに匹敵……いや、上回るほどの巨体だ。

「この死骸の推定年代は約十万年前。冷凍状態で保存され、ほとんど腐ってなかった。……故に、消化器官だと推定される内臓から『判明』した。生きていれば確実に人類に危害を及ぼす存在だと、ね」

「危害？」

　エミコがわずかに語気を強めて、言う。

「……人間らしき生物を捕食した形跡があったの」

　それを聞き、ボコたちはゾッと背筋を冷やした。各々の脳裏に、昨晩の凄惨《せいさん》な光景がフラッシュバックする。

「……同種の怪獣が他にも存在する可能性がある。財団は、その調査・研究を国連主要国から委託されている」

まるで特撮映画から引用されたような突飛な話の数々に、動揺したボコたちが目を見合わせる。一方的な調子を嫌ってか、どうも腑に落ちない様子でジョーが口を開いた。

「そんなニュース……聞いた事ねえけど」

ぶっきらぼうなジョーの質問を、ブロディが小声で制す。

「極秘だって最初に言ってたろ」

しかし、タザキはジョーの質問には応じず、御構い無しに新たな話題を切り出した。

「……怪獣は人間を捕食する。しかも、子供を好んで捕食する傾向が判明していてね」

それを聞き、さらに顔色を悪くする子供達。

「だ、だから私たちの目撃情報を知りたいんですか？」

「……いや。その程度では、君たちにここまでの話はしない。君たちは、我々の知りえなかった『新たな怪獣』と接触した……」

そうして切り替わった画面に映される、漆黒の巨影。その姿に、ボコの胸が刹那《せつな》、高鳴った。

「……あの巨大なカメだ」

無数のギャオスを悉《ことごと》く焼き払い、そうして超大型ギャオスすらも屠《ほふ》った、勇猛なシルエット。

「……このカメがどこから出現して、どうしてギャオスと交戦していたのか解らない。でも君達が、あの場にいたのは、ただの偶然じゃない可能性があるの」

「今のところ、その事実は確認されていないが……十分に可能性はある。つまり……」

タザキが言い淀《よど》む。その様子を察してか、躊躇《ためら》いながらもエミコが二の句を継いだ。

「……君達という獲物を奪い合ったのかもしれないの」

「……ッ！」

言葉を失う子供達。再び画面は切り替わり、米軍の爆撃を受けながら、火の海から飛び去るガメラの姿が映し出される。スクリーンを眺め、エミコが目を細めた。

「……ギャオスは超高出力メーザーのような切断波、このカメは超高温の火球を吐いて、なんらかのエネルギー噴射で飛行する……。どちらの生態も、既知の生物の常識を完全に超越してる」

列挙された『怪獣』と呼ばれる異形たちの異常性。タザキも同様にスクリーンに向き直ると、表情を険しくした。

「……極めて危険、人類にとっての大いなる脅威だ。早急に対抗策を確立しなければならない」

「あ、あのっ」

剣呑《けんのん》な空気を破って、授業中にトイレを申告するかのような仕草でジュンイチが割り込んだ。タザキに促され口を開くと、次いで素っ頓狂《すとんきょう》なことを口走る。

「……このカメは命名されてるんですか？」

「……は？」

鳩が豆鉄砲を食らったように、硬直するタザキ。

すると待っていましたとばかりに、ボコたちが我も我もと口を開く。

「ライガーとか、いいんじゃね？」

「……ジュンジョーボコヌマガメはどうでしょう？」

「もっと学術的なダグラス・アーケロンがいいと思います」

「なんでお前の名前なんだよ」

先ほどまでの緊迫したムードは何処へやら。ボコ達の能天気ぶりに、唖然《あぜん》としたタザキの前髪がずるり、と垂れる。

「ああ……その、名前はどうでもいい！　あとにしてくれ……」

面倒臭いとばかりにタザキが背を向けようとした途端、突如、ボコの口からその名前が飛び出した。

「……『ガメラ』」

エミコが僅《わず》かに瞠目《どうもく》する。

しん、と静まり返る会議室内。なぜその名前を口にしたのか、ボコ自身が一番、よくわかっていなかった。聞いたこともなければ、言葉の意味すらもわからない。なのに、なぜか浮かんだその名前が、脳裏に焼き付いて離れない。

「『ガメラ』……うん、いいと思う。財団本部に提案してみるね。質問を続けていいかな？」

「……あ、はい」

エミコに笑いかけられて、気恥ずかしくなったボコは思わず目を伏せた。

『ガメラ』。その名前を、誰かが口にしたその事実が、なぜだか妙に心地いい。

話題がヒアリングに変わっていくと、子供達はいよいよ、今日という日の『冒険譚《たん》』を口々に語り始めたのだった。

＊＊＊

「貴重な情報だった。協力に感謝するよ」

　ボコたちが財団研究棟の出口をくぐると、先の激戦がまるで嘘のように、涼やかな夜風がさざめいていた。長い問答からようやく解放されたということもあって、一人が大きく欠伸《あくび》をすると、すぐさまそれが伝染した。

　ボコがぐしぐしと目をこすっていると、不意に脇に立ったエミコが声を潜めて囁《ささや》いた。

「和田《わだ》君……」

「え？　あ、はい……あの……みんなボコって呼びます……」

　慣れない呼ばれ方にボコがぎこちない反応をすると、エミコは愛おしそうに表情を綻ばせ、続けた。

「じゃあ、ボコ君。えっと……ガメラのこと、また何か思い出したら、なんでも教えて」

「……はい！」

明るい表情で、ボコが快活に応じる。

すると、手持ち無沙汰《ぶさた》に腕時計を見ていたタザキは、施設入り口の方に目を向けながら口を開いた。

「間もなく迎えの車が到着する……が……その前に、渡す物がある」

エミコはこく、と頷くと、抱えていた通信機をボコたちに配り始めた。

「これは『コミュニケータ』。世界中のどこにでも連絡できる衛星通信機よ。このボタンを押せば君達同士の通話。こっちを押せば私たちにつながる。生体センサーもついてて、脈拍や血圧なども常に測定されるの……便利でしょ」

配り終え、エミコは手にした『コミュニケータ』をポチポチと操作してみせる。

センターディスプレイが動作に対応した挙動を示すと、子供達から「おぉ」と短い歓声が上がった。

「……ギャオスと接触して助かった子供達皆にこれ渡しているの。怪獣の生態調査と、子供達を保護するのが目的」

「つまり。再び怪獣が現れた場合、またキミたちが狙われる可能性がある、ということだ」

ビクッと、肩を震わせるボコ。

エミコはそっとボコの肩に手を置くと「だいじょうぶ」と唇でジェスチャーをした。

そうこうしていると、施設内に一台のハンヴィーが現れた。それを確認したタザキは前髪を直し、お決まりの笑顔を作って締め括《くく》る。

「ともかく、だ。怪獣に限らず、何か精神や肉体に異常を感じるようなら、これで知らせてくれ。そう……キミたちの声が」

＊＊＊

「……世界を救う力になる」

昨晩、タザキに言われた言葉の続きを、ボコが調子まで真似て口にする。

直後、にぱっと笑みを作ると、ベッドの上で足をばたつかせた。

「だってさ！　どうする！　すごいことになっちゃったよ！」

「はしゃぎすぎだろ……」

コミュニケータ越しに、ジョーが顔をしかめながら言う。

一方ジュンイチは、存外乗り気な様子だ。ボコほどではないが目をキラリと輝かせると、「責任重大ですね……」と意気込んだ。

「はあ？　俺らガキだぞ？」

能天気な二人の調子に、ジョーが突っ込むと、次いでブロディが鼻息を荒らげた。

「やれることはあるはずだ。たとえば……自警団とかな。街を見回って異変を報告するんだ。貢献度大だぞ？」

「あぁ⁉　なんでテメェが仕切ってんだ！」

火に油を注ぐようなブロディの発言に、ジョーが嚙《か》み付かんばかりの形相で吠《ほ》える。

ボコも勢いよくベッドから飛び起きたが、対照的にその表情は好奇心に満ち満ちていた。

「いいねそれ！　俺やる！」

「な⁉　お、おいボコ！」

直後、邪《よこしま》な考えを漏らしながら、ジュンイチも続く。

「確かに、貢献すればもっとすごい装置をもらえたりして……」

「な、なに言ってんだ！　喰われそうになったの忘れたのかよ!?……」

　昨夜の惨劇を目の当たりにして尚《なお》、警戒の薄い二人の様子に、いよいよジョーが声を荒らげた。すると、ニッと口端を吊《つ》り上げたブロディが、ここぞとばかりに甘言を弄《ろう》する。

「実はな……どこにも出回ってないすげぇ情報があるんだ」

「え、ホント⁉　なに⁉　おしえて！」

ブロディの言葉に、ボコが無邪気に応じる。

ボコの、良く言えば純真な、悪く言えば不用心な振る舞いに、ジョーが「勘弁してくれ」とばかりに声を上げる。

「テメェ！　やめろって……」

「まだ詳細は明かせないが、その時が来たら皆に協力してほしい。力を貸してくれるか？」

「ハッタリこくな！　おい！　ボコ！　ジュンイチ！　こんなヤツの言うこと……」

慌ててブロディの言葉を遮らんと、ジョーが声を張り上げる。しかし、それも虚《むな》しく。

「もちろん！　とりあえず準備はしとくね！」

「了解です。ついに……ついに知識を役立てる時が来ました……！」

暖簾《のれん》に腕押しの様子に、ジョーのコミュニケータを持つ手が震える。直後、ギッと歯を食いしばると、ジョーは手にしていたコミュニケータをせんべい布団に放り投げた。

最悪な気分だ。そもそも昨日死なずに済んだのだって、たまたま運が良かっただけだ。何か一つ、条件が噛み合っていなかったら、誰が怪獣に喰《く》われていてもおかしくなかった。

それだというのに、どうしてもそれが、伝わらない。おまけに二人とも、なんだってあんなやつの言うことを……。

ジョーは小さく舌打ちをすると、せんべい布団に身を投げ出した。もやもやと黒い気持ちが胸中に渦を巻く。

どれくらいの間、そうしていただろうか。気づくとコミュニケータからは誰の声も聞こえなくなっていた。少しだけ気持ちを落ち着けたジョーが、それを拾い上げると、不意に。

「お前の意見など！　誰も聞いていない！」

「……ッ！」

コミュニケータの向こうから、聞いたことのない大人の怒声が響いた。

ジョーが驚いて画面を確認すると、続けて、知っている声と、知らない声とのやりとりが、コミュニケータ越しに飛び交う。その発信源を見て、ジョーは動揺に顔を歪《ゆが》ませた。

不可解な感情が、胸中を満たしていく。

再びコミュニケータを布団に押し付けると、ジョーはそのまま黙り込み、天井を見つめ続けた。

＊＊＊

ユースタス財団、研究棟。

照明が落ち、無人となった分析室内を、非常灯の蛍光が怪しく照らしている。
ジ、ジジッと、響く漏電の音に、割れたガラスを踏む二人の人間の足音が重なった。
「うぇ……ッ！」

ゲートをくぐり現場に踏み込んだ研究員の一人が、その凄惨な光景に、思わずえずいた。

無残に破壊された電磁シールドケースの周辺、溢《あふ》れ出た超純水と大量の血液が作るマーブルの血溜《ちだ》まりに、髪の毛が付着した頭骨や肋骨《ろっこつ》の一部、咀嚼《そしゃく》した際に飛び散ったであろう小さな欠片《かけら》など、研究員だった者たちの残骸が浮かんでいた。

すると、室内を見回していたもう一人の研究員のハンドライトが、床の一部を照らし、止まった。

「……どうやら、ここから全部逃げたようだ……」

コンソール脇、排水用に設けられた床穴を覆う鉄板が、噛みちぎられたようにひしゃげている。そこを覗《のぞ》き込みながら、呼吸も荒く会話する二人。

「げ、下水道はまずいぞ……」

「落ち着け！　まだ、それほど大きくなってないはず……がっ!!」

ビュルッ！　と、粘着質な音と共に、空気が僅かに震えた。

一人が見ると、傍に立っていた同胞の顔面を、細長い尾の様なものが貫通している。

そうしてビクビクと体を揺すりながら、既に見えなくなった眼前の空間を両手で撫で回すと、ダランと脱力した。

「うわああああッ！」

直後、拳銃《けんじゅう》を乱射する音が数発、分析室内に反響した。

しかし、ビュルッと粘着質な音と同時に発砲音は止み、最後、その部屋には、ゴキ、ゴキと、まるで入らないサイズの穴に、体を捩《ね》じ込む様な音だけが、不気味に響き続けた。

＊
＊
＊

「各所の封鎖はどうなってる？」

「……要請済みです」

早朝の米軍福生基地・司令室では、険しい表情のレイモンドが、財団エージェントを冷たく睨みつけていた。

「安全策は万全だったはずでは？」

「……無論そうです」

不敵な笑みでタザキがそう返すと、エミコがオドオドと目を泳がせながら報告を始める。

「発見から一年以上無反応だった卵が、数時間で孵化《ふか》して、かつあれほどの高出力電磁シールドが破られるのは、想定外としか……」

知るか、とばかりのレイモンドの一瞥《いちべつ》が飛び、慌ててエミコが口を結ぶ。

「そうして孵化した対象は下水道に逃げ込んだ……と。まったく、キミたちが来てから事件続きだ……。正直、厄介者という印象だよ」

再びタザキに目を向けると、ハッキリとした言葉選びで苦言を呈すレイモンド。

一方、タザキは飄々《ひょうひょう》として取り合わない。

「我々の研究施設は三年前からここに。警備を米軍に一任する代わり、かなりの予算も出していたはずですが？」

「連絡が遅い！　守りたくても守れんだろう！」

言葉尻にも皮肉を隠さないタザキに、レイモンドが苛立《いらだ》ちを露《あら》わにする。

「連絡経路の整備もあなたの仕事なのでは？」

ペースを乱さないタザキ。

レイモンドは暫時、苦虫をかみつぶした様な表情で、タザキを睨んだのち、恨めしそうに口を開いた。

「……私を言い負かして、それで何か解決するのかね？」

対照的に、タザキは涼しい顔で返答する。

「今は第一になすべきことがあるはずです。その点ではオズボーン閣下とも意見が一致しているかと」

＊＊＊

町外れの草むした河川敷に、三台の自転車が停まっている。

その傍、大橋の高架下に、集合したボコ、ジョー、ジュンイチ、ブロディの姿があった。

「……お前ら本気か？」

呆《あき》れ顔のジョーの視線の先、アメフトのプロテクターを装備したブロディが、手にしたバットを振りながら揚々と応《こた》える。

「当然だ。……あぁ、ヘルメットも考えたが、視界が遮られるからな」

その傍ら、懐中電灯やコンパスなど、いかにも「冒険」なアイテムをそれぞれ装備したボコとジュンイチも、ブロディのへんちくりんな格好を胡散《うさん》臭そうに見つめていた。

「これってホラー映画だと……」

「えぇ、真っ先に死ぬタイプですね」

御構い無しの様子でフルスイングを繰り返すブロディ。場違いに爽《さわ》やかな汗が、陽光の下キラキラと飛び散る。

「それで、ここなの？　その、言ってた……」

土手にぽっかりと口を開けた、直径3ｍほどの下水路の本管を見つめて、ボコが恐る恐る訊《たず》ねる。

スイングを一段落させ汗を拭《ぬぐ》うと、ブロディも下水路に向き直った。

「ああ、今朝早くに情報が入った。どうやら事態は……相当深刻らしい」

「ほ、本当にこの中に……」

出どころの怪しいブロディの情報を鵜《う》呑《の》みにして、ボコがゴクリ、と生唾を飲み込む。

「おいおい待てって！　お前ら、マジでこんな奴の言うこと信じるのかよ⁉　そんな話、でたらめに決まって……！」

すると、ジョーの抗議の言葉を遮る様に、サイレンが鳴り響いた。

釣られて上空を見上げると、次いで、あまり緊迫感のないアナウンスが流れ始める。

「ただいま、除去作業中の巨大生物の死骸を原因とする、有毒ガスが発生しているとの情報が入りました。市民のみなさんは、警察および在日米軍部隊の誘導に従って、落ち着いて避難してください。繰り返します……」

「有毒ガス……？」

呆然《ぼうぜん》とアナウンスに聞き入っていたジョーの呟きに、ジュンイチは「いや」と被《かぶ》せると、表情を難しくした。

「あの科学者の女性……、エミコさん。回収した死骸からは『ガスも出なかった』と言っていました。だとすると、このアナウンスはおかしい。おそらく、別の何かから市民を避難させているんじゃないでしょうか」

「べ、別の何かって、それ……」

ジュンイチの推理に、ジョーが冷や汗を滲《にじ》ませる。

おもむろに下水道を見つめ、皆の予感をボコが口にした。

「……怪獣」

＊　＊　＊

司令部棟の前に、エンジンのかかったハンヴィーや装甲車が整列していた。

アイドリングの音に紛れて、澄ました声が響く。

「先ほど警報を発令しました。パニックにならないよう、情報は曖昧《あいまい》にしてあります」

司令室を後にしたタザキとエミコは、軍用車両群の脇路を足早に歩きながら、コミュニケータ越しに通信を続けていた。

タザキの報告に、少々やつれた声色のレイモンドが応答する。

「こちらは緊急配備の陸戦隊について増員要請を継続中だ」

次いで、タザキの後ろを追いかけていたエミコが、コミュニケータにグイと首を伸ばす。

「分析室の床にあった穴の形状や、残された足跡から、捕獲対象は地中を好む性質が予測されます。市街全域で下水道の封鎖が完了したら、所定の四地点から下水道内の捜索を開始してください。追い立てれば……。交差地点で待ち伏せできるはずです」

「まったく、人手がいくらあっても足りんな……」

矢継ぎ早なエミコの報告に、レイモンドがため息交じりにボヤく。

「ご協力に感謝します。では我々は、待ち伏せ地点へ向かいます」

最後、簡単にそう告げると、タザキは通信を切り、所定のハンヴィーの前で足を止めた。

助手席に乗り込み息を吐くのも束の間、神経質に髪を整え始める。

「まったく……サンプルを移送するだけの仕事が、こんなことになるとはな」

「あの、タザキさん……」

「悪いが運転は任せるよ。まだ日本の道に慣れてないからな」

エミコに目も向けず、ルームミラーに映った前髪に集中するタザキ。一方、エミコは手元のコミュニケータを凝視したまま、みるみる顔色を悪くしていった。

「実は先ほどから……あの少年たちの電波が途絶えてます……」

「……なんだって？」

＊＊＊

彼らはまだ、光を知らなかった。

生まれてこのかた目にした光といえば、あの壊れた機械が放つ、チカチカとうるさい塵《ちり》の様な火花だけだ。あれを最後に、この湿った暗闇の中には、輝きの一片も見当たらない。

たどり着いたこの場所で、彼らは、ある未来を予感していた。

遥《はる》か地上、光注ぐ大地で待ち構える、強大な『力』。生まれたばかりのこの身では、到底太刀打ちできない圧倒的な『力』。

……だめだ。まだ足りない。早くこの身を、創り上げなくては。

一頭が、その一滴をも残すまいと、爪の先に滴る血を啜《すす》った。

また一頭は、引き裂いた肉を余すところなく臓腑に抱き寄せた。

足りない、足りない、まだ、足りない。

暗闇に蠢《うごめ》く彼らが……『彼ら』であるうちは、まだ。

＊　＊　＊

「もし怪獣なんか見つけてみろ、こっちが食われちまうぞ？　食われたらもうメシ食えねえんだぞ？」

「ややこしいですね。食べたり食べられたり」

出来の悪いトンチの様なジョーの言葉に、ジュンイチがぴしゃりと言い放つ。

暖簾に腕押し、聞く耳持たずの様子に、ジョーはガックリと肩を落とした。

一悶着《ひともんちゃく》あったが、結局ボコたちは下水道に乗り込んでいた。足元、苔《こけ》むしたコンクリートの感触にも慣れ始め、危なげなく進んでいく。

「でも俺たちだけでホントにつかまえられるかな？」

ブロディの後ろを歩くボコが、傍の水路の様子をチラチラと確認しながら、不安げに零した。先頭を進んでいたブロディは振り返り、大きめのおにぎりの様なシルエットをジェスチャーしながら応える。

「大丈夫だ。大きさは子犬ぐらいだって言ってた」

「なんでガキのお前がそんなこと知ってんだよ。だいたいお前、あのギャオスにビビりまくってたじゃねぇか」

殿《しんがり》を務めるジョーが相変わらず怪訝《けげん》そうにボヤくと、ブロディはわずかに頬を赤くして、取り乱した。

「あ、あれは、ちがう！　あ～……ほら！　安心しろ、怪獣が出たらコレでフルスイングだ」

そうして手にしたバットを肩に担ぐと、もう片方の手で胸のプロテクターをドン、と鳴らす。

そのチグハグな様相に、ジュンイチが冷めた声で突っ込む。

「アメフト……？　野球……？　どっちが得意なんですか？」

「所属しているのはアメフトだ」

「じゃあ、スイングに根拠は無いですね」

どうやら頼もしくはなさそうだ、と肩を竦めるジュンイチ。それでもついていくあたり、ジュンイチの知的好奇心も病巣が深い。

そんな他愛のない会話を繰り広げながら一行が進んでいると、不意にボコが足を止めた。

「……あ、わぁッ！」

その声に反応し、全員がボコのライトが照らす壁面を見つめると、そこには不自然な横穴が開いていた。予想外の光景に、ボコが途端、臆病《おくびょう》な声を漏らす。

「逃げたのって、子犬サイズ……だよね……？」

「子牛の間違いなのでは……？」

コンクリート壁を突き破り、乱暴に開けられた穴の直径はおよそ2m程度。

しかもその先の土層が、掘り進められた様にトンネル状になっている。

「……大きいのは穴のサイズだけだ。行くぞ」

そう言い放つと、ブロディはトンネルに向かってずんずんと進み始めた。

ボコとジュンイチも一度目を見合わせると、半ばやけくその様な勢いでその後を追う。

その背後で、ジョーはブロディの背中をジッと見つめていた。

出会ってからこの短い間で感じた、ブロディに対するいくつかの『違和感』。無神経さに対する単なる憤りだけではない、胸中に渦巻く複雑な感情。

ジョーはそれらを振り払う様に「チッ」と舌打ちをすると、三人の後に続いた。

＊　＊　＊

「第八分隊、状況を報告せよ」

「いや、ちがうA6はもう捜索済みだ、ブロックEへ移動しろ」

「そうだ、子犬くらいのサイズのはずだ。くまなく捜せ」

「了解……そのままポイントC8からC12まで捜索を進めろ」

「B2は第四分隊が向かっている。B6の確認を急げ……」

喧々諤々《けんけんがくがく》、司令室内にオペレーターたちの声が溢れかえる。

中央モニターに映し出された下水道図には、目下捜索中の対象を追い込むべくエミコが提案した、各隊の進入地点が示されていた。しかし、捜索隊の進入開始からおよそ20分。どの分隊からも一向に対象捕捉の報告が上がらない。

痺《しび》れを切らしたレイモンドが、椅子から立ち上がる。

「一体どうなってる！　まだ何の痕跡《こんせき》も見つからんのか？」

それと同時に、オペレーターの一人がヘッドセットマイクを口元から退けながら、声をあげた。

「第三分隊が、捜索個体の死骸の一部を発見しました！」

それを聞き、レイモンドがわずかに眉を顰《ひそ》める。

「死骸？……どういうことだ？」

「死骸の破片が散乱していたようです……今その付近を重点的に捜索中です」

思わぬ報告に、レイモンドは怪訝な顔をして押し黙った。

死骸が散乱しているということは、対象は何かと交戦したと見て間違い無いだろう。

しかし、幼体とはいえ怪獣が自然動物と争って、無残に果てることなど……。

……嫌な勘が働く。レイモンドは懸念を払うかの様に、声を張った。

「索敵を続けろ！　蟻一四、見落とすな！」

＊＊＊

市街地主要道。

エミコの走らせるハンヴィーが、快速で会敵予想地点へと向かっていた。

反対車線側、誘導車両の脇では、避難勧告を受けた住民たちが長蛇の列を作っている。

助手席では、タザキがコミュニケータを片手に、胃を痛そうにして通信を続けていた。

「……ああ、四人だ。一人はメガネをかけてる。発見次第連絡をくれ」

タザキが通信を切ると同時に信号が赤に変わった。危なげなくハンヴィーを停車させて、エミコが訊ねる。

「まだ見つからない……？」

「ああ。まったく、これだから子供は……。余計な仕事ばかり増やしてくれる……」

依然として、コミュニケータにボコたちの反応はない。それが同時に四人分ともなると、何かイレギュラーに遭遇した可能性が濃厚だ。

エミコの脳裏に、言いようのない不安が押し寄せる。

信号が青に変わると、エミコは祈る様にアクセルを吹かした。

＊　＊　＊

上下左右に蛇行するトンネルを、ブロディを先頭に進み続ける、ボコ、ジュンイチ、ジョー。

みるみる消耗していく体力と、先の見えない恐怖。さらには辺りに立ち込める異臭に、四人の顔には焦燥が浮かんでいた。

「……いてっ!!」

途端、立ち止まったブロディの背中に、ボコはしこたま鼻先をぶつけた。突然の玉突き事故にジュンイチとジョーも巻き込まれる。

三人が口々に不平を漏らす中、先頭のブロディは懐中電灯をかざしたまま、呆然と立ちすくんでいる。

鼻を撫でながら顔をあげたボコも、すぐに急停止の原因に合点がいった。

「なに……ここ？」

　ボコの声が、反響もせず、暗がりの奥へと吸い込まれていく。

　四人の眼前に広がっていたのは、狭い横穴から漏斗状に広がる最大直径30ｍはあろうかという、巨大な空洞だった。

「元々あった穴……ですかね？　まさか怪獣が掘った？」

　各々、空洞内に足を踏み入れながら、辺りをライトで照らして回る。

　見たところ、周囲は荒れた土壁に囲まれているだけで、おかしな箇所は見当たらない。

「……わかんねえけど、子犬には掘れねえよな」

「このサイズなら、掘ったのは鯨ですね……」

　ジョーとジュンイチが話していると、先行するブロディがそれを鼻で笑う。

「よく考えろよ。今朝子犬サイズだったのに、鯨サイズになるわけねえだろ？」

　道中の疲れもあってか、それを聞いたジョーは顔を顰《しか》めると、苛立ちを声に滲ませた。

「そんなの、わかんねえじゃねえか。……なぁ、もう帰ろうぜ」

　ただの下水道探索の予定が、洞窟探検になってしまっては、流石に深入りだ。ボコとジュンイチの二人だけに目配せをしながら、ジョーが提案する。

しかし、ボコがジョーに賛同しようとしてか、口を開いたその瞬間、ジュンイチのコミュニケータが不意に電波を拾った。

「……C4地点はクリア。C5に向か……本管の壁が破壊されている……うだ……捜索個体による可能性が……二分隊ほどまわせ……わかった……」

ノイズの中、途切れ途切れに聞こえた捜索隊の声に、ボコとブロディがハッと目を見合わせる。

「い、今のって……」

「混信だな。米軍の通信だ……近いぞ！」

よし！ とばかりにグッと拳《こぶし》を握りしめるブロディを、怪訝な表情でジョーが睨んだ。

即座にジュンイチが、なにやらコミュニケータを操作し始める。

「周波数を合わせてみます。これでこちらの状況を報告できるかと」

「米軍の部隊と合流するんだね!? すごい！」

先ほどまでの不安げな様子は何処へやら、ボコが興奮気味に身体を揺する。

ブロディも、鼻息荒くジュンイチに駆け寄った。

「ようし……彼らが来るまでここを確保するぞ！」

「だったらさ、もうちょっと奥のほうも調べ……」

ブロディが俄然《がぜん》調子付き、ボコが同調する。

しばし静観していたジョーだったが、もう、限界だった。

ボコのその無鉄砲さも、好奇心も、しょうが無いと飲み込んできた。しかし、無自覚な「命知らず」だけは、どうしても許すわけにいかなかったのだ。

「……もういいだろ！」

叫んだジョーの怒気を孕《はら》んだ声色に、ボコはハッと我に返った。そのままジョーはボコの肩を摑《つか》むと、乱暴に目を合わせる。

「……浮かれんのもいい加減にしろよ」

「べ、べつに浮かれてなんか……」

図星を突かれたボコは、目を泳がせながら、それでも未練がましく抵抗する。

すると、ボコの肩に置いたジョーの手を払いながら、ブロディが間に割って入った。

「まぁまぁ、こいつだって少しでも役に立とうって頑張ってんだから、いいじゃん？　なんつ〜かお前。説教くせえっつーか……。ボコの親でもねえの……ッ！」

言い終える前に、ジョーの掌底がブロディの胸を突き上げていた。

不意の衝撃に瞠目するのも束の間、睨みを利かせたブロディは、そのままジョーに詰め寄った。

「ってぇな……」

「友達ぶってんじゃねぇよ、クソが」

途端、剣呑な雰囲気が場を冷やす。

一触即発……まるで廃車置場で出会った時に巻き戻されたかの様に、ガンを飛ばし合う二人。

しかし、そんな中においてもジョーの心には、奇妙な蟠《わだかま》りが渦巻いていた。殴り、殴られるだけの関係だったのに、望んでか望まずか奇妙に関わり合ってしまった。ただの「横暴なやつ」だったブロディのことを、ジョーは知りすぎてしまったのだ。

ジョーは口を開くと、秘めていた想いをぶつけ始めた。

「てめぇは……オヤジに良いとこ見せようってだけなんだろ？」

「はっ⁉」

ジョーの思わぬ指摘に、ブロディが目を白黒させて動揺する。

なぜ、どうしてジョーの口から、その話が？　言ってもいない、知られてもいない、はずなのに。

「なにが街を守る、だ。偉そうなこと言ってこいつら囃《はや》し立てて……。結局お前の点数稼ぎに巻き込んでるだけじゃねぇか。知ってんだよ。お前の親父は米軍のお偉方だ」

　昨日、ジョーがコミュニケータ越しに聞いたブロディの通信音声。

　それは、ブロディの父が、財団に保護されたブロディを激しく叱りつける様子だった。

「普段は自分より弱い相手にイキってるくせに、親父の前じゃ頭が上がらねぇ。あぁ、逆か。親父の言いなりになるしかねぇ自分を誤魔化すために、殴り返してこねぇ相手にイキってたんだ」

　漏れ聞こえた会話の端々に、ジョーは父親とブロディの確執を垣間見《かいま》た。

　変哲のない、どこにでもある少し歪んだ『父と子』の関係。別に珍しくも無い、ねじ曲がった非行少年の正体。それは普通で、凡庸で、どうしようもなくて。

　だからジョーは、自分にそっくりなブロディが、どうしても気に食わなかった。

「どこまでダセェんだよ、てめぇ」

「……ッ！」

　ジョーが吐き捨てるように言うと、ブロディの手がジョーの胸ぐらを捻《ねじ》り上げた。

　ボコとジュンイチが、制止の声をあげるが、届かない。

「違う……！　俺……俺は……！」

表情を歪ませるブロディと対照的に、ジョーは憮然《ぶぜん》としてブロディを見つめ続ける。

それに耐えかねたようにブロディが拳を振り上げた、その瞬間。

暗闇を囲んでいた土壁の一面が、確かに震えた。

「……な、なに、今の？」

慌ててボコが壁にライトを当てるも、光量不足のせいか、異常は見当たらない。

いや、違う。『見えすぎていた』のだ。

それに気づいたジュンイチが、全身を総毛立たせる。

「あ、あ、アレ!!」

ジュンイチの指差した先。壁に球体が埋め込まれている。

周囲と比べ少し薄い色に光沢を放つそれが、ビクリ、と蠢くと、その場にいた全員が、正しく状況を理解した。

子犬だの、鯨だの、とんでもない。そこに潜んでいた『それ』は、紛れもなく……。

「ひ……ひぃ……！」

ボコが短く悲鳴をあげた直後。

壁面だと思われていた『巨大な顔面』が大口を開けると同時に、ボコ達は一斉に背後へと駆け出した。

「グルルルアアァァァッ」

「うわぁあああああああっ!!」

悲鳴と咆哮《ほうこう》が混ざり合い、空洞内の空気が振動に埋め尽くされる。

それと同時に激しいマズルフラッシュが闇中に炸裂《さくれつ》すると、無数の銃弾が『それ』の鼻先を射貫《いぬ》いた。

「グルルァッ!?」

見ると、駆けるボコたちの正面で、米軍の捜索隊が人垣を作っていた。

揃って銃口を突きつける隊列から、次々に声があがる。

「C5地点で対象個体発見！　現在交戦中、個体は巨大になってる！　至急重火器の増援求む！」

「グレネードを使え!!」

暗闇の中、銃弾が透明な矢雨となって巨獣を強襲する。続けざまに放たれた40㎜擲《てき》弾《だん》の爆炎を浴びると、潜んでいたそれは堪《たま》らないとばかりに咆哮をあげた。

「グルォオオオオッ！」

「怯《ひる》むな！……撃て、撃て!!」

交戦する捜索隊の脇に滑り込み、再びトンネルへと身を飛び込ませた四人は、そのまま出口へ向け、足を急がせた。

下水道を遡《さかのぼ》り、肺が焼けきれんばかりに駆けていく。逆走するその先に出口の光が見えるまで、凡《およ》そ2分と30秒の全力疾走。

ようやく陽の下へと飛び出したボコたちの目の前、すでに夕暮れとなった河原には、105㎜砲を装備したストライカー装甲車を始め、携行対戦車ミサイルなどで重武装した陸戦隊がずらり、と配置されていた。

前列の兵士がボコたちに向け小銃を構えるが、すぐに子供だと気づくと、不思議そうに銃口を下げた。

「君たち!!」

車列中央に停まったハンヴィーのドアが開き、慌てた様子で飛び降りてきたのはエミコだった。次いで助手席から現れたタザキが、余裕のない様子で叫ぶ……。

「お前たち、ここで何を……!」

叫ぼうとした。……その時だった。

タザキの視線の先。

下水道排水口側の土手の、更に向こうで突如、団地群が椀型《わん》に隆起し始めた。

あわ、あわ、とタザキが言葉を失う。

一斉に全員が振り返った次の瞬間、大地を突き破って『巨大な顔面』が出現した。

頭部だけでも20m、体長は60m、尻尾《しっぽ》までの全長は100mを優に超える。

イボ状の突起が張り巡った葡萄染色《えびぞめいろ》の体軀《たいく》に、歪《いびつ》に生え並ぶ爬虫類《はちゅうるい》系のトサカはまさしく『魔獣』。その全身を地上に晒すと、大型怪獣『ジャイガー』は、夕空に大咆哮を轟《とどろ》かせた。

「ほ、捕獲はもう、無理……かな……」

未《いま》だ地面に落ち切らない瓦礫《がれき》の雨を遠く眺めながら、エミコが啞然と呟くと、後方から一斉射撃が始まった。銃弾、砲弾、誘導ミサイルが、次々にジャイガーに直撃する。

ぶんぶん、とかぶりを振って、エミコは表情を作り直すと、ハンヴィーを指して叫んだ。

「皆こっち！　急いで!!」

＊　＊　＊

「C5地点の三隊はすでに壊滅！　待ち伏せ地点の全隊が対象個体と交戦中とのこと

です！」

「どういうことだ!?　もっと具体的に報告させろ！」

司令室内。レイモンドが要領を得ない報告にやきもきしていると、オペレーターが一層、動揺の色を濃くした調子で、続ける。

「……対象個体は一体。……ただ大きさが……およそ50〜60ｍとのことです」

愕然《がくぜん》とするレイモンド。

「なッ!?……50ｍだと!?」

「……現状装備で持ち堪《こた》えるのは無理かもしれません。いかがいたしましょう」

早朝、子犬サイズだった対象が夕方に50ｍを超すなど、ジョークにしても笑えない。

額に皺《しわ》を寄せるレイモンドだったが、瞑目《めいもく》の間も僅かに状況確認を進める。

「市街地の避難はどうなってる？」

「およそ八割は完了……残り二割の避難まであと1時間ほどです」

目標の出現地点と避難地域とは目と鼻の先だ。

その避難ペースでは、どう甘く見積もっても勘定が合わない。

「捜索中の全部隊、および避難誘導中の兵の半分を待ち伏せ地点に集中……基地内の残存部隊も総動員だ。何としても食い止めて避難を終了させろ！」

その言葉に、室内の隊員全員が驚きの顔を浮かべ、振り返った。

「し、しかし、そうなると基地の防衛が手薄に……」

「構わん！……航空支援は？」

「あ、あと10分ほどです」

それを聞くとレイモンドは瞬時に立ち上がり、椅子を撥《は》ね除けた。

「避難確認したら総攻撃だ……上空待機させておけ……」

「はっ！」

そうして司令室出口へと足を向けるレイモンド。

動揺気味にオペレーターが声を上げる。

「しょ、将軍!?」

「現場に行く。……後は通信で指示する」

そうしてレイモンドが司令室を後にすると、静かなざわめきが室内を満たした。

＊＊＊

後部座席に鮨詰《すしづ》め状態のボコ、ジョー、ジュンイチ、ブロディを乗せて、全速力のハンヴィーが市街地を駆け抜けていく。

背後には、応戦する陸戦隊の火器爆撃を浴びながら、咆哮を繰り返すジャイガーの姿が。未だ、安全圏とは程遠い。振動に体を震わせながら、ジョーが前席に身を乗り出した。

「あ、あのトカゲは何なんだよ⁉」

「アレは……ジャイガーだ」

忙しくコミュニケータを確認しながら、タザキがその名を口にする。

「発見自体はギャオス出現より前……。あれの卵はインドネシアの地下空洞で一年以上前に回収・保管されて調査を進めていたんだが……」

タザキが説明を続けていると、刹那、バックミラーを見遣《みや》ったエミコの目が、大きく見開かれた。

「……あッ‼」

ミラーに映る空に、小さな黒点が現れた。

次第にそれは大きくなり、それが装甲車であることが鮮明になる。

遥か後方、ジャイガーの尻尾でなぎ払われた装甲車が数百mを吹っ飛んで、一同を乗せたハンヴィーに『迫ってきていた』。

「────ッ‼」

急ハンドル。しかし逃げきらなかった慣性力で、車両が大きく軌道を膨らませる。

次いで、金切り声の様なスキール音をあげて、車体が大きく傾いた。

「うあああぁッ‼」

横転するハンヴィー。車内でシェイクされた様にボコ達の体が跳ねる。

横向きのまま火花を散らしてスリップする車体は、そのまましばらく車道を滑り、標識に衝突するとようやくその動きを止めた。

「う、うぅ……」

「くそっ、首が……」

エミコの尻の下に敷かれる格好で、呻《うめ》くタザキ。

「おい、ボコ……！　ジュンイチ！　大丈夫か！」

「う、うん……」

「へ、平気です」

「お、俺も無事だ」

ボコ達四人もなんとか体勢を整える。

助手席のドアをハッチの様に開け放ち、体の小さなボコは一番に車体の外に出ると、横転した車体の側面に立って、ジュンイチ、ブロディ、と引っ張り出していく。

「早く！　ジョー！」

「ッ！……だめだ……足くじいちまってる」

差し出されたボコの手を握るジョーだったが、力が入らず、うまく脱出することができない。必死に引っ張り上げようともがくボコ。しかし、顔をあげた瞬間、信じがたい光景が目に飛び込んできた。

「なんで……!?」

その醜悪な双眸《そうぼう》と、ボコは何故か、目が合ってしまった。

土埃《つちぼこり》を巻き上げ、市街地を踏み潰《つぶ》しながら、ジャイガーがボコたち目がけ迫ってくる。

「どけっ！」

刹那、ブロディは声を上げると、ボコに変わってジョーの手を握った。

踏ん張りの利かないジョーを、強引に引きずり上げる。

「いてぇ、いてぇって！」

「贅沢《ぜいたく》……言うんじゃ……ねえよ！」

頭が出て、肩口が出て、そうしてようやくジョーの上半身が、車体から脱出した。

……しかし。

「くそ……ッ！」

もう、間に合わない。

その体表の突起すら視認できるほどに近づいたジャイガーを前に、未だ車内に閉じ込められているタザキたちも、諦《あきら》めた様に目を背ける。

「あ、あぁ……！」

そうしてボコが、唖然と声を上げる。

夕暮れに迫るジャイガーの、その殺意に満ちた表情に……。

いいや、その、更に上。

夕暮れを真っ二つに割いて飛来する『白熱の弾丸』に、その場にいた誰もが、目を見開いた。

「────ッ!?」

瞬間、中空に身を投げ出したジャイガーが、僅かに着弾を避《さ》ける。

直後、地面を貫いた『火焔弾《かえんだん》』の衝撃が、コンクリートに覆われた灰色の大地を捲《めく》り上げた。

「……グルアアァッ!!」

数秒後、到達した衝撃波が車両をひっくり返し、なんとか立ち上がったボコ達の目が、再び目撃する。

夕陽と色合わせした様な火焔の中に、悠然と立ち聳《そび》えるガメラの姿が、そこにあった。

「ゴアアアァァアァッ!!」

大咆哮を炸裂させ、瞬間、ガメラの巨脚が大地を蹴《け》る。

一方、直撃を避けたにも拘《かか》わらず、無効化されたシールドを通過して訪れたダメージにジャイガーはのたうち回っていた。耐熱性の体表粘液のおかげで、辛くも破裂死は免れたが、回避行動などとても間に合わない。

100mを超える距離を一瞬で爆進すると、ガメラは未だ身悶《みもだ》えするジャイガーを鷲掴《わしづか》みにし、そのままその長大な身体を担ぎ上げた。ガメラ×ジャイガー……超重量の掛け算に、足元の地盤が悲鳴を上げて沈下する。

「グルァッ!?」

首と腰を五指にホールドされたまま、捻られるジャイガーの体がメキメキと鈍い音を鳴らす。泡を吹かんばかりに絶叫を繰り返すジャイガーだったが、膂力《りょりょく》の差は歴然だ。

しかし、ガメラが一層の力を込めんと握りを強くした次の瞬間、ビュルッという、粘度の高い風切り音が轟いた。

「……ァッ!!」

特殊装甲車両をも、軽々撥ね除けるジャイガーの尾。その先端に禍々《まがまが》しく閃《ひらめ》く鈍色《にびいろ》の尾棘《びきょく》が、ガメラの脇腹を刺し貫く。

あえて低速に狙い澄まされ、なおかつ先端に電磁パルスを集中させた巧妙な尾撃が、ガメラの強力なシールドを易々と突破し、体器官にまで到達する。堪らず動きを止めるガメラ。一方、僅かに自由を取り戻したジャイガーは尾をしならせて引き抜くと、同じ箇所に再び尾棘を突き立てる。

それを一度、二度、三度……。そうして穴だらけとなった脇腹から夥《おびただ》しい血液が噴き上がると、ガメラはついに大きく転倒した。

「あぁ……ッ!」

地上では、ボコ達から悲壮な声があがった。

立ち上がれないガメラは、断続的にうめき声を上げ続ける。一方ジャイガーは身を起こすと、未だ傷とシールドが再生しないことに狼狽《うろた》えながら、キョロキョロと獲物を探す様に辺りを見回した。

回復だ。回復をしなくてはいけない。奴が起き上がる前に、なんでもいい……。

そうしてジャイガーの双眸が「見つけた」とばかりに醜く歪む。爬虫類が這《は》いずる様に身を捩《よじ》らせ、高速で移動するジャイガー。ちょうど避難を続ける市民の列の前で足を止めると、その大口を目一杯に開き、そして……。

「キャアアァッ!!!!」

蟻の列を地面ごと平らげるかの様に、一帯の道路がジャイガーの口に収まった。

グチョ、バキッと、途轍《とてつ》もない音量の咀嚼音が辺りに響き渡る。絶叫を上げ、逃げ惑う住民を、ジャイガーの舌先が次々と攫《さら》っていく。

「こ、こんな……どうしたら……!!」

その凄惨な光景に、誘導していた兵士たちも、啞然と立ち竦む。

間近で見ると、痛感する。眼前の『これ』は、人間の手に負えるような存在ではない。

遠方、そんな悲鳴の遠鳴りを聞きながら、ジャイガーの捕食行動を察したタザキがコミュニケータに叫んだ。

「おい！　車を回せないか⁉　負傷者がいるんだ！」

ひどく自己優先的な要請。しかし、至極常識的な思考だった。

あんな人喰いの怪物の足元にいては、命がいくつあっても足りない。

しかし、返ってきたのは、こちらもまた真っ当な返答であった。

「……避難民が優先だ！　悪いがそんな余裕はない！」

「……え？……おい！　くそっ！」

顔を顰め、ダン！　と地団駄を踏むタザキ。

その間にも、傷ついたジャイガーの皮膚は、みるみる再生し始めていた。

常識外の捕食者を前に、人も、力も、対策も、何もかもが足りない。夕暮れに沈む街を、無慈悲な絶望が覆い尽くそうとした、しかし、その時。

咀嚼を続けるジャイガーの足元に、一台のハンヴィーが急停車した。

窓越しに覗く、その精悍《せいかん》な顔つきの男を前に、立ち竦んでいた兵士が弱々しく零す。

「レイモンド将軍……‼」

レイモンドは、辺りの状況を瞬時に観察すると、通る声で兵士に呼びかけた。

「後続の部隊は⁉」

「すでに壊滅状態です……このままでは……」

八方塞《ふさ》がりな状況を、歯噛みしながら伝える兵士。

しかし、すでに戦意を欠いた部下を前に、レイモンドは慰めない。

「……奴の後方に展開して、至近距離での集中砲火だ。航空支援までの時間を稼ぐんだ」

「し、しかし……」

煮え切らない返事。この劣勢を前に、人間が抱いて当然の、真っ当な弱気。

それを誰より理解し、共感し、だからこそレイモンドが、勇猛に声を張り上げる。

「市民を守る！　それが我々の使命だ！」

その場にいた誰しもが、その蛮声に鼓膜を、心を揺らされた。

「……なにがあっても見捨てるな！」

いや、それ以上に。

「オズボーン将軍……」

電波に乗ったその声が、遠方、タザキの手にしたコミュニケータ越しに、少年の心を震わせた。

絶望の淵《ふち》に立ってなお燃え盛る、その漢《おとこ》の生き様に、ブロディが拳を握りしめる。

「父さん……！」

＊＊＊

ドンッ！　ドンッ！　と。

ジャイガーの背に一発、また一発、ミサイル弾が炸裂する。

眼前で蹂躙され、散っていった同胞の敗北を、知るものか、と。

「撃て！　撃ちまくれ！」

充塡《じゅうてん》され、憎き仇《かたき》に狙いを定め、放たれる。

負けてたまるものかと、文明の火が、集中砲火を浴びせ続ける。

「ぐああァッ!!」

「うあっ……！　があぁッ！」

振り降ろされた尾の一撃に撥ねあげられ、瞬時に鉄塊となって爆散する装甲車。

ランチャーを抱えた歩兵の体が宙に舞い、地に落ちて沈黙する。

何十、何百、撃ち込もうと致命傷には至らない。

しかし。

「……ッ!?」

信念に繋《つな》がれたその『一発』が、再生の遅れたジャイガーの皮膚を確かに焼いた。

それを、男の瞳《ひとみ》は、見逃さない。

「怯むな！　攻撃を続けろ！」

レイモンドの叫びに呼応して、一層、火勢を増す集中射撃。

すると、うざったそうに身悶えしていたジャイガーが、レイモンドの車両を双眸に捉えた。

……あぁ、そうか。あいつか。とばかりに。

瞬時に判断したジャイガーはレイモンドの車両に向き直ると、顎が外れんばかりの大口を開けた。

ベロン、と垂れ下がった巨大な舌が、レイモンドを乗せたハンヴィーへと迫る。

「これまで、かっ……！」

……しかし。

「……ルァッ!?」

ジャイガーの舌先は、僅かにハンヴィーに届かなかった。

直後、土埃を噴き上げ、物凄《ものすご》い勢いで後退するジャイガー。

後ずさりではない。引きずられている。その尾を摑んだ何者かに、引き寄せられている。

そうして吊り上げられたジャイガーは、自らの尾を摑んだ憤怒の巨獣を目の当たりにした。

「ゴアァァァァ!!」

ガメラの、怒り心頭の一撃。全体重をテコにした重力無視の一本背負いに、ジャイガーが激しく叩きつけられる。

そのままガメラは馬乗りになると、漆黒の爪を唸《うな》らせ、ジャイガーの腹を引き裂いた。

「が、ガメラ……!!」

ガメラの復活にボコの全身が震え上がる。

先ほどのお返しとばかりに爪撃《そうげき》のラッシュをお見舞いするガメラ。

ジャイガーの淀んだ血が、人間を、同胞を喰って溜め込んだ生命力が、宙に舞い、散っていく。

抵抗を続けるジャイガーの力が弱まる。このまま決着か、とボコが息を呑んだその時、突然、ガメラの体を爆炎が包んだ。

＊＊＊

「ゴアッアァァッ!!」

上空を翔《か》ける十機のF－15戦闘機が、ガメラの背に影を落とす。

そうして続けざまに放たれたミサイルが、無慈悲にその影を塗りつぶした。

背中で火柱が上がるたび、ジャイガーに穿《うが》たれた傷口から血を噴出させるガメラ。

「……違う」

途端、見上げていたボコは呟くと、横に立つタザキに詰め寄った。

「違う!!　ガメラを撃っちゃダメだ！」

「何を言ってる……?」

ボコの正気を疑うかの様に、タザキが首をかしげる。

ボコ自身も、自分が何を根拠にこんなことを言っているのか、理解できていなかった。

しかし、あれは違う。あれは、ダメだ。ガメラは一度も、自分たちに爪を向けたりしなかった。

「先にトカゲ！　トカゲを狙って！」

ボコの必死の主張を、ジョーとジュンイチも援護し始める。

「人喰うのはトカゲのほうじゃん‼」

「そ、そうです！　あっちが害獣です！」

途端、合唱し始めた子供達を前に、タザキが狼狽える。

それもそのはず、タザキからすれば目の前で起きているのは「超大型の怪物同士の殺し合い」だ。どちらの肩を持つかなんて、そんな次元の話ではない。

「どういうことだ⁉　せ、説明しろ！」

堪らず、唯一話の通じそうなブロディに助けを求める。

しかし、ブロディはビクッと肩を揺らすと、何も言えずに目を伏せてしまった。

「ブロディ……！」

するとボコは、ハッと何かに気がついた様にブロディに駆け寄る。

「ブロディ……さっき、無線の人に『お父さん』って言ってたよね⁉　きっと、偉い人なんでしょ⁉　だったら……助けてよ！」

ボコの突然の要求に、ブロディは激しく動揺した。助けるも何も、父が誰であれ、所詮《しょせん》自分は「子供」だ。大人に口出しできるはずがない。出したところで、聞いてもらえる訳が無い。

　ましてや父が相手では……。

「……やめとけ、ボコ」

　ボコをブロディから引き剝《は》がしながら、ジョーが吐き捨てる。

「こんなビビり野郎……無駄だよ」

「なっ、テメェ……！」

　突然の罵倒《ばとう》に、無言だったブロディが口を開く。

　しかし、胸ぐらを掴み、噛みついたのはジョーの方だった。

「なんだよ、ムカつくのかよ⁉　てめぇの意見一つ言えねぇ、良い子のふりもできやしねぇ……。悔しいんだったら、俺にじゃなくて！」

　その言葉に、どうしようもなく臆病なブロディの心が、僅かに震えた。

「オヤジに楯突《たてつ》いてみろよ！」

　聞くが早いか、ジョーの手を振り払うと、ブロディはタザキのコミュニケータを奪った。

　そういえば『自分がどうしたいか』なんて、生まれてこの方、考えたこともなかった。

「……父さん！」

＊　＊　＊

「……ダグラス!?　なぜそこにいる!?」

無線越しに響く、あまりに場違いなその声に、レイモンドが眉を顰める。

「今財団の人と一緒にいる！」

「どういうことだ？　財団のエージェントに代われ」

冷静に告げたレイモンドが通信を切ろうとすると、いつもは押し黙るその声が、引けぬとばかりに食い下がった。

「……カメのほうじゃない！　あのトカゲを狙ってくれ！」

「なに……？」

「人を喰うのはトカゲのほうなんだ！　まず人を守らなきゃ！　そうだろ!?」

突然の要求に面食らうも、レイモンドは表情を厳しくし、叫ぶ。

「お前……子供が親に……それも軍の指揮に意見する気か！」

激しい叱責《しっせき》の声に居竦まるブロディ。しかし、止まらない。

「……あぁ、そうだよ」

こいつらを信じているわけでもない。言いなりになってやるわけでもない。

「こんな俺を助けてくれた奴らがいるんだ……そいつらが必死になってんだ！……見捨てるわけにはいかない」

あのカメは、こいつらは、俺を救ってくれたんだから。

「だから一度くらい、俺の意見も聞いてくれよ……！」

仲間になりたいって、初めて思えた奴らだから。

＊　＊　＊

通信が途絶え、コミュニケータのディスプレイには no signal の表示が点滅している。

爆撃を浴び続けるガメラを、ボコが沈痛な面持ちで見つめ続ける。

「グォ……！　グオオォッ！」

爆撃そのものが致命傷にはならないが、それでも夥しい出血が、ガメラの動きを鈍くする。

一方、劣勢だったジャイガーは、尽きかけた生命力を再び燃焼させると、ついにガメラを押し除けた。

「グルルァ……!!」

ホールドを解いてしまったガメラの眼前に、禍々しい尾棘が怪しく閃く。

瞼《まぶた》を重そうにして尾棘を警戒するガメラ。まさしく泥仕合。あと一刺しでも貰ってしまえばどうなるか、結末は想像に難くない。

そうして、振りかざされたジャイガーの尾が鞭《むち》の様にしなり、先端がガメラの首筋に狙いを定めた、次の瞬間。

「グォオオオオオオオオッ!」

降り注ぐイーグル隊の爆撃を浴びて、ジャイガーが絶叫を轟かせた。

攻撃対象の変更。拳を握り歓喜の声をあげるボコ達の傍で、立ち尽くすブロディの頬を、大粒の涙が伝った。

「父さん……!」

＊＊＊

「グォオオアアァッ！」

刹那、蒼白の双眸を全開にして、咆哮を轟かせたガメラ。

胸元から毛細血管のように奔《はし》る稲光が肩へ、そして右腕へと伝播していく。猛烈な蒸気を噴き上げ、握る拳に万力が宿る。

巨腕に溜まったエネルギーがオーバーロードすると、ガメラの右腕がマグマと見紛《みまが》わんばかりに赤熱した。

「グルォオオォッッ!!」

降り注ぐイーグルからの絨毯《じゆうたん》爆撃を浴び続けるジャイガー。踠《もが》き、呻き、開け広げたその大口に、ガメラの『燼滅手《じんめつしゆ》』がねじ込まれる。

「――――ッ!?」

瞬時に体内の水分が気体となって弾《はじ》け、ジャイガーの体内で無数の小爆発が連鎖する。

強力な耐熱性能を持つ体表粘液が分泌できない内臓器官を直接焼かれ、ジャイガーはあまりの激痛にこれでもかと身を捩らせる。

ガメラはそのまま、天を衝《つ》く格好でジャイガーを持ち上げた。体内で暴れ狂う熱エネルギーが極限に達し、ついにジャイガーの巨軀が豪炎に包まれる。

絶叫……いや、あがらない。豪炎に焼かれるジャイガーの喉《のど》は、断末魔の叫びをあげる事すらも許されず、ただただ嗄《か》れた風音をかき鳴らすばかりだ。

まさに、地獄の責め苦。

時間にしておよそ13秒、悶え続けたジャイガーが黒炭に変わり果てた頃、暮れ泥《なず》む街にガメラの勝鬨《かちどき》が響き渡った。

「ゴアァァァァアッッ!!」

……決着。

瞬間、泥仕合の行く末を呆然と眺めていた人間達は、それぞれに感嘆の声を漏らした。

それは畏怖《いふ》か、安堵《あんど》か、はたまた別の感情か。

そして、戦いの残響が止み、遠くに響くサイレンの音も鮮明になり始めた頃。

青白く尾を引いて戦場を飛び去ったガメラを見上げ、タザキもまた、呆れた様に吐き捨てた。

「……こんな……並の危険手当では……やってられんぞ」

＊　＊　＊

大怪獣たちの戦いが終結したあとも、地上では懸命な救助活動が続けられていた。

荒れた舗装路を辛くも疾駆し、西へ東へ、サイレンの音が飛び回る。

未だ避難を続ける住民行列の傍ら、米軍の救助テントの前に座り込んだボコ、ジョー、ジュンイチ。

三人の視線の先には、保護の報《しら》せを聞いて駆けつけたレイモンドと、それに真向かうブロディの姿があった。

「……いッ！」

目を伏せ、オドオドとしているブロディの頰を、レイモンドの掌《てのひら》が打つ。

ピシャン！　と、快音に子供達が目を背けた。

「……軍隊の真似ごとか？　命を無駄にしろと教えた覚えはない！」

言い放つレイモンド。しかしブロディは俯《うつむ》いたまま、応じない。

暫《しば》し息子の反応を待ったのち、レイモンドはため息を一つ残して、ブロディに背を向けた。

「まだ仕事がある。お前は先に帰れ。部下に送らせる」

その言葉を最後に、レイモンドはカツカツと靴音を響かせ、去っていった。

父の背中が見えなくなっても、ブロディは何も言わず、立ち尽くすばかりだった。

生まれて初めての父への意見。そこに晴れやかさはなく、何かが大きく変わったわけでもないのだろう。しかし。

「……おい、ブロディ！」

「……んだよ？」

途端、歩み寄ったジョーが、おどけた調子でブロディに腹パンチをかました。

「お前、マジでダッセェなぁ。あんなオヤジ、ぶっ飛ばしちまえよ！」

そう言って、ニッと笑みを浮かべるジョー。

それは不器用な、しかし真っ直ぐな、友人への激励。

逃げずに自分の意思をぶつけたブロディに対する、ジョーなりの賞賛だった。

「……うるせぇ」

ブロディは、その手を撥ね除けると、わずかに頬を綻ばせた。

「俺はまだ死にたくねぇんだよ」

そう言うと、目を見合わせ、笑い始めるジョーとブロディ。

世界は簡単には変わらない。ただ、少しだけ通じた心が、二人の少年を少しだけ変えたのかもしれない。

肩を組み、貶《けな》し合い、似た者同士が笑顔を交わす。

少年たちの笑い声が、マジックアワーの西空に、いつまでも響いていた。

＊＊＊

「……え？　与那国島採掘基地へ？　これからすぐですか？」

米軍基地、財団研究棟屋上。

着陸したヘリコプターの横で、タザキが混乱気味に声をあげる。

対照的にコミュニケータから流れるのは、穏やかな、いやさ冷酷さすら感じさせる声。

「今回のことで、史上初の貴重な生体サンプルも入手できました。今が怪獣とオリリウムとの関係を詳細分析できる、チャンスなのです」

コミュニケータの画面に表示される「ユースタス財団評議会」の錚々《そうそう》たる顔ぶれ。言われるがままのタザキに、いつもの飄々とした様子は聊《いささ》かもなかった。

「しかし、怪獣と接触した子供たちも一緒にというのは……！　バイラスの影響を受けないとも……」

エミコの含みのある言い方に、タザキがわずかに眉を顰める。

しかしその懸念も、言い放たれた冷淡な言葉にかき消されてしまった。

「評議会の決定ですから」

「……わかりました。米国政府と国連上層部への根回しはお願いします……では」

通信越しに頭を深く下げるタザキの隣、エミコは人知れず、夜空に佇《たたず》む月を見つめていた。

第三章　深く静かに潜航せよ

不吉を孕《はら》んだ悪天の空に、神の怒りが如き稲光が閃《ひらめ》く。

東太平洋・イサベラ島沖北西250㎞。高波が畝《うね》る暗黒の海を、一隻の豪華客船が航走していた。

右に、左に、波打つ水面に舵《かじ》を取られながら、危うげに、辛《かろ》うじて進んでいく。

あぁ、文明の箱舟の、なんと不自由なことか。

海を恐れ、歯向かう術《すべ》も持たず、しかして海原へと泳ぎ出る者たちの、なんと愚かなことか。

そんな身の程知らずの人間たちの、直下。

縮尺を見誤らんばかりの巨影が、不気味に揺らめいた。

臭いがする、音がする、どうやらあの「箱」は大当たりのようだ。

海中、船底を眺めていた一対の光が、吹き上がった気泡の壁に包まれる。

すると直後、一帯の水面が青く、ぼんやりと灯《とも》った。

そのわずか数秒後、数十mにもなる水柱を伴って、銀幕の巨軀《きょく》が船体を覆う。

巨大なヒレを旗めかせながら「箱」の中身を覗《のぞ》くと、芳しいばかりの悲鳴が炸裂《さくれつ》した。

追わずとも、逃げる場所など、どこにも無い。

断続する絶叫も、船体を弾《はじ》けさせる爆発音も、そのどれもが波音に掻《か》き消されていく。

次第に喧騒《けんそう》が止み、灯《あか》りの一つも消え去った頃。

洋上ディナーをじっくりと堪能《たんのう》した巨影は、優雅に、音もなく深海の奥底へと消えていった。

＊　＊　＊

船上を抜けるような潮風が、降り注ぐ陽光を和らげていた。

太平洋上・日本近海を、揚々と進むのは、ユースタス財団の誇る科学調査船「セルケト号」。

その船首楼で手すりに背を凭《もた》れさせたボコは、暇そうに大欠伸《おおあくび》をかました。

それを見て欠伸が伝染したブロディも、どこか上の空な様子だ。

この白とオレンジに彩られた船体も、埠頭《ふとう》から初めて見た時こそテンションが上がったものだが、あの感動はどこへやら。乗り込んでみれば、船なんてただのグラつく地面だ。

「おぇえええぇっ！」

そんなグラつきにやられている友人が、一人。

コバルトブルーの水面に、キラキラと飛沫《しぶき》を舞わせながら、顔面蒼白《そうはく》のジョーが呻《うめ》く。

「船で……ウッ！……二日だっけか……？　やっぱり断りゃ良かっ……オエェ!!」

「だ、大丈夫かよ……」

ブロディが声をかけるが、ジョーは返事の代わりに液体を吐きこぼす。

しかし、あまり楽しめていない三人を尻目《しりめ》に、操舵《そうだ》室の上からは、黄色い声が上がった。

「いや～、本ッッ当に来て良かった!!」

忙《せわ》しなく動きながら、際限なく船内を物色し続けるジュンイチのメガネが、陽光を反射してギラギラと輝く。

「色々な種類のレドームを積んでる。研究棟の甲板にある、あれは……ドップラーレーダー？……あと、その奥のカバーはなんだろう？　何か相当特殊な機材でしょうか……」

なにやら呪文《じゆもん》を唱えながら徘徊《はいかい》するジュンイチに、ブロディが呆《あき》れ顔を向ける。

「あいつって、いつもあんな感じなのかよ？」

「だな……」

「にしても、ほんとびっくりだよね。まさかこんなことになるなんて……」

賑《にぎ》やかなクルーズツアーの発端は、三日前に遡《さかのぼ》る。

＊＊＊

ジャイガーの孵化《ふか》と襲撃によって、設備の大部分が破壊された財団研究施設。

その会議室に再び集められたボコ達は、件《くだん》の『下水道探索』の注意もそこそこに、唐突な話を受けていた。

「与那国島ぁ!?」

「船で二日……その後二週間の滞在ですか」

面食らう子供達に、エミコが申し訳なさそうに説明を続ける。

「本来ならこの施設での検査予定だったんだけど……」

「……ご覧の有様だ」

会議室の窓ごしに見える分析室は、言葉通りに荒れ果てていた。

素人目にも、およそ従前の機能が果たせるようには見えない。

「怪獣と接近遭遇した子供から、特徴的な体調変化が報告されてるの。えっと、最近……めまいとか感じてないかな?」

めまい、と聞いて、ボコは瞬時に思い当たった。

怪獣との遭遇から時折意識を支配する、あのジャミングのような感覚。あれがもし、エミコの言う変調なのであれば、合点が行く。

ボコが考えを巡らせていると、一方その横で、ジョーとブロディは面倒臭そうにボヤいた。

「けど、いくら夏休みだからって……」

「しかも船だろ……？」

出発は三日後。そこから二週間以上の旅なんて、準備するにしても、時間が足りなすぎる。億劫《おっくう》そうに二人が腕を組んでいると、対照的にジュンイチは身を乗り出した。

「……行きます！」

即答するジュンイチに、エミコが目を丸くした。

「ユースタス財団所有の調査船ともなれば、最新鋭の科学調査機器がぎっしり詰まったハイテクシップに違いない……！　うん、こんな貴重な機会、めっっっったに、ありません！」

淀《よど》みなく言い放つジュンイチに圧倒される三人。

「で、皆さんも行きますよね？」

そして、獰猛《どうもう》に眼光をギラつかせるジュンイチが顔を覗き込むと、三人はやばいとばかりに目を背けた。

「お、俺は……」

「うちは親父がなんていうか……」

「うちも母さんが……」

とりあえず親を理由にはぐらかそうとするも、空気の読めないタザキが、自信満々に歯を輝かせて言った。

「その点は任せてくれ！」

＊　＊　＊

その後、タザキは全員の保護者を言葉巧みに説得。

あっという間に各種手続きを済ませ、クルーズツアーが実現した、という次第であった。

「うちの親、学歴とかブランドに弱いっていうか……」

甲板に座り込み、はぁとため息を零《こぼ》すボコ。

どうやら母には、タザキの「ハーバード大学出身」という肩書きが強烈に効いたらしい。

そんな人間に「旅行中の家庭教師を引き受ける」なんて言われたのなら、快諾したのも納得だ。

「うちは正義とか市民とか、そういうワードで動くタイプだ……」

「俺んとこは……なんも気にしてねえし……」

皆のところも、どうやら上手《うま》く丸め込まれたらしい。

子供の言うことには聞く耳もたず、他人の言うことは真に受ける。

「どこの親も……極端だね」

やれやれ、と肩を竦《すく》める三人。

すると、コンパス甲板の方から、潑剌《はつらつ》としたジュンイチの声が飛んできた。

「エミコさんが船の施設を案内してくれるそうです！　行きましょう！」

ポカンと見上げる三人。

「極端なのは……」

「子供も同じか……」

ジョーとブロディが苦笑いで立ち上がると、ボコも続いて船首楼を後にした。

＊　＊　＊

「ここが～、操舵室！」

ドアを開け、どや！　とばかりにエミコが手を広げた。その脇をボコ、ジョー、ジュンイチ、ブロディが順に進み、一同が操舵室へと足を踏み入れる。

財団の誇る最新鋭機器に取り囲まれた操舵室には、船の大きさの割に、四名ほどしか船員がいなかった。

「船員は財団科学部の研究員が兼任してるの。私の同僚……ってところかな？」

「はっはっは。研究よりベビーシッターのほうが向いてるぞ。エミコ」

船長席に腰掛けた男が微笑を浮かべながら、エミコを茶化す。

それを受けたエミコは苦笑いしながら、船長を紹介した。

「……あの口の悪い人がバーニー・ドーソン船長。ああ見えて遺伝子研究の権威」

「ああ見えて……は余計だ。よろしくな」

頼もしく笑うドーソンに、ボコ達が軽く会釈を返すと、いよいよ我慢できなくなった様子のジュンイチが、ある一方を指差した。

「あの！　そのコンソールってなんですか？……航行制御じゃないですよね？」

ジュンイチの言葉に、エミコは感心したように「ほう」と零した。

次いで、悪戯《いたずら》な笑みを作ると、陽気な調子で誘う。

「じゃあ、それも見てみる？」

＊＊＊

操舵室を出て、ボコ達は研究棟の屋上デッキにやってきた。

見ると、備え付けられた鋼板カバーは開放され、搭載された兵器類が露出している。

真っ先に駆け寄ると、ジュンイチがはぁっ！と盛大に嘆息をこぼした。

続くブロディも、興奮気味に声をあげる。

「ファランクスだ！」

「正解、さすが将軍のご子息ね」

感心感心、と頷《うなず》くエミコ。

「うぷっ……大砲？……なんで？」

船壁に凭れながら、相変わらず具合が悪そうなジョーが訊《たず》ねる。

「一応、海賊対策ね」

「なるほど。結局……やっぱり物騒なわけか……おえっ」

船の揺れに合わせ、ジョーの言葉の端々にえずきが混ざる。

流石に心配そうにして、ブロディが駆け寄った。

「おい……平気かよ」

「ちょっと……きついわ……」

「……ったく……おい、そろそろ……」

散会を促そうとしたブロディだったが、ジュンイチの興味は、ファランクスの隣にあるミサイルランチャーに移り、戻ってきそうもない。

ブロディが呆れていると、自分の世界に入り込んでいたジュンイチが、ふむ、と首を傾げた。

「それにしても、ずいぶん重武装ですね」

その言葉に、おっ！　と反応したのは、エミコ。

「ちょっと大袈裟《おおげさ》かもしれないけど、実は理由があるの」

「え？　どんな……？」

再びニヤリ、と笑みを浮かべたエミコが、含み気味に言う。

「とっておきも見る？」

＊　＊　＊

ジュンイチの好奇心に流されるまま、お次は観測室にやってきた。

観測室中央、厳重なスチールドアの四角窓を覗き込んで、ジュンイチが神妙な声をあげる。

「あの武装って……これを守る為なんですか？」

四角窓の向こう、保管庫内では、センサーに囲まれたシリンダーの中で、50〜60㎝大の結晶が青白い光を放っていた。

「そう。このオリリウムが理由」

同じくジッと見つめるボコの脇で、エミコが僅《わず》かに目を細める。

「おりりうむ……？」

「前に見せた怪獣の死骸《しがい》……覚えてる？」

ジュンイチの脳裏に、財団研究棟で見せられたスライド写真が浮かぶ。

「たしか、財団が最初に発見した怪獣だと……」

「そう。その発掘地点から数百ｍの場所で発見されたのが、これ」

それを聞いて、ジュンイチは一層食い入るようにオリリウムを見つめる。

「この結晶こそが、怪獣の謎を解き明かす重要な鍵《かぎ》なんですね……」

同様にオリリウムを見つめるエミコの瞳《ひとみ》が、刹那《せつな》、物憂げに揺れる。

「そうね……これが鍵ね」

そう零したエミコは、直後パッと表情を切り替えると、いつもの笑顔で切り出した。

「さて！　もうひとつ……この船にはすごくユニークな機能があるの？　見たい？」

「え⁉　ええ！　是非！……」

瞬間、ブロディがジュンイチの肩を引いた。

「おい、もういいだろ？　いつまで続けんだよ？」

「でもこんな機会は滅多に……」

「……ちょっとは空気読めって」

少々の憤りを滲《にじ》ませながら、顎《あご》でジョーを指すブロディ。

すっかりグロッキーなジョーが、いよいよ弱音を吐き始める。

「ウェッ！　っぷ……わりぃ……やっぱ吐きそうだ……」

「……俺らは先に戻ってようぜ。付き合ってらんねぇ」

ブロディがジョーに寄り添うと、ボコも息を合わせるようにして肩を貸した。

背を向ける三人に、ジュンイチがシュンとして声を掛ける。

「ごめん……」

「うん、べつに……」

そんなボコの言葉を最後に、ジュンイチを残した三人は、観測室を出て行った。

状況を察し、エミコが面目無いとばかりに肩を落とした。

「わ、私が連れ回しちゃったせいかな……」

エミコをフォローする様にジュンイチが、慌てて手をブンブンと振る。

「いえ！　エミコさんは悪くありません！」

「でも……」

と、その時。エミコのコミュニケータに、タザキからの着信が入った。

エミコが受話操作をすると、途端、慌てたタザキの声が飛び込んだ。

「すぐ通信室に来てくれ！」

＊　＊　＊

セルケト号、船内通信室に備え付けられたモニターに、客船を襲う『異形』の姿が映し出されていた。応戦する米海軍駆逐艦が、次々に火柱を上げて撃沈していく。その様子を最後に映像が途切れると、エミコは冷や汗交じりにその名を口にした。

「板鰓亜綱《ばんさいあこう》のような扁平《へんぺい》な体……科学部門が『ジグラ』と命名した個体です」

　画面が切り替わると、続けてモニターにはユースタス財団評議会、四名の姿が映し出される。

「おそらく、パスクア島近海の採掘基地にあった卵の主でしょう」

　評議員の一人、ノーラ・メルキオリの、まるで、ジグラ出現を予期していたとばかりの口ぶりに、タザキが訝《いぶか》しみながら訊ねる。

「あの基地は、落盤事故が起きて水没したはずでは……？　卵の残骸に残された死骸から命名・分類されたと科学部門から聞いていましたが……」

「ええ、その通りです」

「ですが、事故直前に共食いしたと見られる死骸も発見されています」

「もしかすると……未発見だった卵が孵化したのかもしれませんね」

　評議員達の平然とした回答に、タザキが一層疑心を露《あら》わにする。

　事故直前に共食いの死骸を発見だと？

　だとするなら、それはまるで先の『ジャイガー』の件、そのままではないか。

　それが周知されていれば、対策もできたはず。だというのに、なぜ……。

「失礼ですが、その情報は聞いていません……。そんな事実があったなら遠路はるばる危険な海になど……！」

「待って!!」

途端、タザキの言葉をエミコが遮った。

「なんだ……?」

「あの船、ニューギニアでギャオスから保護された子供たちが乗っていたはず……」

「なに!?」

客船に乗った子供、そうして子供を狙う『怪獣』達の奇妙な習性……。不穏な可能性に、激しく動揺するエミコ。

「予見通り、もし怪獣たちが接近遭遇した子供を執拗《しつよう》に狙うとなると……この船も……」

エミコが言い切る前に、懸念を察したタザキが声を張り上げた。

「……ドーソン船長に通達！　到着を急がせろ！」

＊　＊　＊

「また、東太平洋で発生した大型客船沈没事故では、米海軍が巨大生物と戦闘を行ったとの情報も関係筋に飛び交っており……」

船首楼甲板で、ボコ達四人は神妙な顔を突き合わせていた。先のエミコの尋常でない様子を察したジュンイチが、一同を招集したのだ。

コミュニケータから流れるラジオのニュースを聞き、ジョーはいい加減にしてくれ、とばかりに困り顔を浮かべた。

「また怪獣かよ……」

「どうしよう、もしこいつがここまできたら……！」

ボコが不安を口にすると、ジュンイチが落ち着いた口調でそれを制した。

「冷静に考えましょう。事件は東太平洋……１０００km以上離れています。仮に百ノット……つまり時速185kmだったとしても……丸二日以上はかかりますね。……で、今我々は鹿児島の沖を通過中ですから……」

淡々と言うと、ジュンイチは器用にコミュニケータを操作し始める。

ボコが覗き込むとそこには、調査船の経緯度座標が表示されていた。

「これ、そんなことまでわかるの？」

「……世界中にあるオメガ塔から送信される超長波で、洋上での現在位置が分かるんです。……うん、この船の速度なら、明日中には与那国島沖に着けるはずです」

それを聞き、安堵《あんど》の表情を浮かべる一同。

１００００㎞を二日もかけずに泳いで来るなんてこと、たとえ相手が『怪獣』だったとしても、そうそうありはしないだろう。

まぁ、一日で子犬サイズから大怪獣に……なんてこともあったわけだが……。

「……それより！」

ボコが嫌な想像をしていると、ジュンイチが今度は地図のような物を広げ始めた。

「……なに？」

「ある事に気づいたんです……。見てください」

一同が腰を折って眺めていると、ジュンイチは地図上にペンを走らせる。

「ニューギニアでギャオス、ジャイガーはインドネシア、ガメラは日本、そして今度は東太平洋……の……おそらくこの海域……」

「なんだこれ？」

「これまで怪獣が発見、出現した場所です」

首を傾げているブロディに答えながら、ジュンイチが点を繋《つな》いでいく。

すると、地図の太平洋上にまるで『奇妙な大陸』の様な形が浮かび上がった。

「……見てください。これはおそらく……何らかの古代文明との関わりが、推測できるんです」

ジュンイチは熱弁をふるうと、ふん、と鼻息を荒くした。

大真面目に聞いていたボコだったが、しかし地図の片隅に書かれた『失われた超大陸の謎』という見出しに気づくと、途端に表情を崩した。

「これって……『ムー』の付録じゃん」

同じく真剣に聞いていたブロディも、ボコの言葉に呆れ声をあげる。

「おぉい！　こんな時にふざけてる場合かよ！」

「ふざけてなどいませんが？」

「はぁ～!?……おい、ちょっと……」

そう言うとブロディは、ボコ、ジョーと肩を組み、ジュンイチから距離をとった。

そうしてジュンイチを背に、スクラムを組む様にして、ヒソヒソ話を始める。

「何なんだよあいつ……。お前らも止めろよ」

「……しょうがないよ……ジュンイチの頭の中は突拍子も無い想像でいっぱいなんだから」

「想像じゃなくて、ほとんど妄想だけどな」

「ぷっ」

悪気のない様子でボコとジョーがクツクツと笑い合う。

「なんだよ、お前ら解ってってつきあってんのか？」

「まあ、な。変なヤツなんだよ……」

そう言うと、ジョーはジュンイチに眼差《まなざ》しを向けた。

「相当変でしょ？」

ボコもニッと笑う。二人に倣ってブロディも振り返るが、ジュンイチは相変わらず超大陸の地図にお熱な様子だった。ポリポリと頭を掻いて、ブロディは視線を戻すと、諦《あきら》めた様に零した。

「……そんなら、まあ、そういうつもりで付き合うわ」

三人にとっては他愛のない、友人に対する些細《ささい》な冷やかしだった。

しかし少しだけ、風向きが悪かった。漏れ聞こえた三人のヒソヒソ話を耳にしながら、ジュンイチは先刻の観測室での出来事を、グルグルと思い返す。

不意に潤んだ瞳の端を、海風が音もなく乾かした。

＊　＊　＊

操舵室前・船橋楼甲板の上、手すりに凭れかかったタザキは、手持ち無沙汰《ぶさた》に子供達を見下ろしていた。そこへ、操舵室から出てきたエミコが歩み寄る。

「ドーソン船長に伝えた。燃料をギリギリに見積もって、巡航速度を最大にしてもらったわ。……どうかした？」

「あいつら怪獣のニュースを知ったようだ。怯《おび》えて船を降りるなどと騒がなければいいが……」

タザキの目線を追って、エミコも子供達を見つめる。

眼下には、三人から少し離れたところで、一人地図を見つめるジュンイチの姿があった。珍しくもない些細な『疎外』の光景。ジュンイチから目を離さないエミコに、察した様子のタザキが声を掛ける。

「よくあることだ、気にしたって仕方が……」

「私もそうだったの」

ジュンイチの背中に、まるで自らを重ねる様にして、エミコは続ける。

「質問ばかりして、大人を困らせて……好奇心が強すぎる子供は大変」

重くしない様に気を遣ってか、そう言いながらエミコは寂しげに笑みを作った。

それから少し間を置いて、背を手すりに預けながらタザキが返す。

「私の場合は子供のころじゃないな。……むしろ今だ」

「……え？」

「分析を進めている『怪獣の死骸』……」

脳裏に浮かべるのは、回収した怪獣のサンプル。

輸送中にも腐食を続ける、サンプルケースの、その中身。

「真空かつ冷凍で保管している。ならば腐食は抑制されるはずだ」

なのに未《いま》だ腐食を続ける『異常』極まりないそれに、タザキは不信感を募らせていた。

ふと口をつきそうになる。「なにを運ばされているんだ？」と。

タザキがそんな言葉を飲み込んだところで、エミコから静かな返答があった。

「もう上には報告を……？」

それは出発前、ヘリポートでも感じた含みのある言い方。

下手な駆け引きなどする気もないタザキは、手すりから上体を離すと軽く伸びをした。

「まだだ。……上層部が開示していない情報も『色々と』あるようだしな。折を見て、だ」

そうして船橋楼を離れるタザキ。去り際、エミコを後ろ背に、皮肉を込めて言い残す。

「君の言う通り……好奇心が強いのは問題だな……気づきたくない事にも気づいてしまう」

＊　＊　＊

深夜の洋上。

航行を続けるセルケト号の甲板に、細波《さざなみ》の音に耳を澄ます、ジュンイチの姿があった。

眼前、僅かに撓《たわ》んだ水平線の上、薄明の空がコントラストを作る。夜明けも近いというのに、頭が冴《さ》えてしまって、どうにも眠れない。

まんじりともしないでいると、不意に背後から足音が聞こえた。

「……エミコさん」

ジュンイチが振り返ると、両手にマグカップを持ったエミコの姿があった。

微笑みを返し、横並びでデッキに腰を下ろすと、コーヒーを冷ましながらエミコが訊ねる。

「……みんなのこと？」

エミコの問いかけに、驚きもしないジュンイチ。

そのまま答えてもいいが、なぜか、遠回しな言い方しか浮かばない。

「なんだか、眠れないんです」

「……困ったねぇ」

カップを口に運びながら、エミコが苦笑いを作る。

胸に陰った、小さな悩み。その正体を少しずつ確かめる様に、ジュンイチが言葉を選ぶ。

「ブロディさんのことは、まだよくわかりません。でもボコとジョーは……」

「うん」

「……もしかしたら二人のことも、よくわかってなかったのかもしれません」

カップに映る欠けた月が、小刻みに震え、その形を歪《ゆが》ませる。

そういえば、あの日も、夜空にはこんな形の月が浮かんでいた。

ジュンイチが、徐《おもむろ》に語り始める。

「……ジャンボジェットがＵＦＯに遭遇したという事件があったんです」

＊　＊　＊

それは小学校三年生の、秋のこと。

誰もいない夕暮れの教室で、ジュンイチは一人、洟《はな》をすすっていた。

黒板には「ＵＦＯをよぼう！」「ついに接近遭遇が始まった」などと見出しの書かれた手作りポスターが貼ってある。

テレビ番組に影響されてこんなものまで作り、剰《あまつさ》え「皆で集まろう」なんてことを宣った……そんな最悪な日の、放課後だった。

教室中に捨てられた自作のチラシを片付けながら、ふと広げて、そこに書かれた落書きを読んでしまう。

「頭おかしい」

「バーカ」

「いるわけねえじゃん」

……その先は、視界が潤んで、読めなかった。

だから最初の出会いは姿ではなく『声』だったのかもしれない。

「おっす！……ＵＦＯよぶって聞いたんだけど……」

「お前すげえ面白い事考えてんな」

教室の入り口に立った二人のシルエットが、ジュンイチに明るく声をかける。

その声に、沈んでいたジュンイチの鼓動は、高鳴った。

「俺たちも一緒に行っていい？」

＊　＊　＊

夜風がそよぐ甲板で、そんな昔話をしていたジュンイチ。

カップのコーヒーはすっかり冷め、半分以上が減っていた。

「……結局、ＵＦＯは観れたの？」

エミコの問いかけに、恥ずかしそうにしながらジュンイチが返す。

「それが全然現れなくて、諦めて帰ろうとしたんです。……でもその時、月のすぐ隣で、光が散りました」

「……へぇ」

「パッと輝いたそれは……私には、どこかへ飛び去った様に見えたんです」

ジュンイチの語り口に、エミコは興味深いとばかりに聞き入る。

しかしジュンイチははにかむと、誤解を払うかの様に首を振った。

「実はその日は、シャトルの打ち上げがあった日で、それかもってことになったんですが……」

ジュンイチが顔をあげ、まだ朝の来ない、満天の星空を見上げる。

「私はずっと、あれがUFOだと信じてました」

見つめるエミコの瞳に、純粋な横顔が映り込む。

「でもやっぱり、違ったのかもしれません。……ずっと友達だって思ってたのも、勘違いだったのかなって……」

誤魔化す様に、ジュンイチがはにかんだ。しかしエミコは、きっぱりと言い放つ。

「……友達だよ」

その単語に、僅かに震えていたジュンイチの両手は、ピタリと止まった。

手にしたコーヒーカップの中、歪んでいた月が、本来の形を取り戻す。

「どんな時でも、一緒だったんでしょ？」

「だったら、それは友達だよ」

不意に立ち上がったエミコが、まっすぐ月を見上げる。

月光の下、爽《さわ》やかな笑みを浮かべるエミコを眺めながら、表情を綻ばせるジュンイチ。

「……そういう考え方も、あるのかもしれませんね」

それを聞いたエミコは嬉《うれ》しそうな顔を作るも、直後、一転して口を尖《とが》らせた。

「いいなぁ……ずっと一緒の友達がいるのって……」

「エミコさんにはいないんですか？」

ジュンイチの問いかけに、エミコは寂しげな表情を浮かべるばかりで、応答しない。

すると、エミコとの距離を詰める様に、ジュンイチも立ち上がった。

「だったら……私が友だちになりましょうか？」

「え……？」

キョトン、として、エミコがジュンイチの顔を見つめる。

「私が友だちになります」

ジュンイチも向けられた視線に、まっすぐな眼差しを返した。

「ええ、まあ……」

その必死な様子に、エミコは愛《いと》おしいとばかりに吹き出してしまった。

「フフ……ありがとう……」

ようやく貰《もら》えたエミコの返答に、ジュンイチは満足そうに笑顔を作る。いつの間にか胸のつっかえは消え去ってしまった様だ。

しかし、それに変わって眠気を感じ始めたところで、ジュンイチは奇妙な感覚に襲われた。

遥《はる》か下方、船底より更に下の海中から、得体の知れない『圧力』を感じる。

次いで、視界が大きく揺らめくと、ジュンイチの全身が僅かに宙に浮いた。

「―――――ッ!?」

突然の事だった。

船全体に突き上げられる様な衝撃が走り、周囲の水面が激しく波打つ。

なんとか手すりに手をかけ、エミコとジュンイチが踏ん張っていると、次いで、けたたましくサイレンが鳴り響いた。瞬間、エミコの顔色が、一気に青ざめる。

「まさか……こんなに早く……！」

「えっ……」

バッ、とジュンイチの手を摑《つか》むと、エミコはそのまま甲板を駆け出した。

コンパスデッキから船橋楼甲板へ階段を降り、船室のある科学塔に差し掛かる。すると、船室の扉を開けて、ボコたちが慌しく飛び出してきた。息を切らしながら、エミコが声をかける。

「みんな！　大丈夫⁉」

「な、なにが起きて……うわぁっ！」

再び激しく船体が揺れ、全員が腰砕けになってよろめく。

急加速を始めたセルケト号は、舵をいっぱいに切ると、進路を大きく変えた。

すると、船体後方の異変に気がついたジュンイチが、海上を指差し、叫ぶ。

「エミコさん、あれ！」

エミコが目をやると、大砲の曳光弾《えいこうだん》のような光の筋が、海面から僅かの深さをものすごい勢いで駆けているのが見えた。

着弾の予感に全員が身構えると、光の筋は間一髪で船の脇を通り過ぎる。次いで訪れた衝撃波が水面を揺らし、盛り上がった海面に煽《あお》られた船体が激しく揺れ、大きく傾いた。

「うわああああああああっ！」

重力に裏切られる様な耐え難い恐怖に、ボコ達は目を瞑《つぶ》って口々に悲鳴をあげる。

間違いない。その場の誰もが、間違いようもない『攻撃』を目撃した。

恐れていた『脅威』がこの船の後方、もう直ぐそばまで迫っている。

直後、エミコの後方の鉄扉が激しく開き、タザキが半身を出して叫んだ。

「早く！　みな操舵室へ！」

＊＊＊

操舵室に駆け込んだ一同が、近くの手すりにそれぞれ摑まると、スキャニングソナーモニターを見ていた船員が、声を張り上げる。

「攻撃回避しました！」

「何なんだあの攻撃は⁉」

「し、質量弾の可能性があります」

モニター上、東南東に距離３２０００㎞、モニターレンジぎりぎりに特徴的なシルエットが映る。気がついたエミコが、表情を歪ませてその名を呼んだ。

「おそらくは……ジグラ」

「ジグラ……？」

よたよたと船長席へと向かうタザキが、ボコの問いかけに応じる。

「東太平洋に出現した怪獣だ……。おい！　なんとか振り切れないのか！」

「すでに最大船速だ！……奴が速すぎる！」

お手上げとも取れるドーソンの言葉に、タザキはワナワナと肩を震わせる。

「くそっ！　これだから船は……！」

しかし、タザキの動揺を掻き立てるかの様に、更なる凶報が舞い込んだ。

「ジグラ、さらに増速！……ひゃ……百ノット以上出ています。あと十分ほどで本船に到達します!!」

唖然。その場の全員の顔から、サーッと血の気が引いた。

魚雷の二倍の速度で襲来する『超大型怪獣』なんて、冗談にしても、現実離れが過ぎる。

暫時、考え込んでいたドーソンはエミコを振り返ると、アイコンタクトを送った。

それを受けたエミコが、意を決した様子で頷く。

「……移管したほうがいいわね」

ざわっ、と船員たちに動揺が走った。

その言葉にタザキは瞠目《どうもく》すると、エミコの肩を引き、必死の形相で問い詰める。

「おい、まさか……潜水艦に移管するのか!?」

「しかたないわ……」

「いや……他にあるだろ……そうだ！　米軍に急いで連絡して救援してもらおう！　そうすべきだ！」

途端、混乱気味に喚《わめ》き始めたタザキを、ドーソンが睨みつける。

「そいつを黙らせろ！　エミコ！」

エミコもタザキの肩を摑み返すと、気付《きつ》けとばかりに激しく揺すった。

「落ち着いて！　タザキさん！……米軍に連絡しても、今すぐはどうにもならないわ！」

その言葉にグニャリ、と腰砕けになると、タザキはそのままへたり込んでしまった。

タザキの体たらくを腑《ふ》抜けとばかりに一瞥《いちべつ》すると、ドーソンは立ち上がり、船員に指示を飛ばす。

「EM推進発動！」

その声に呼応する様に、船員の一人が握ったスロットルレバーを全開まで引き切った。

刹那セルケト号両舷《りょうげん》に青い光が迸《ほとばし》り、マイクロ波の超反射によって圧縮、加速された高速水流がEM推進装置から噴射された。

モーター推進とは次元違いの馬力によって、セルケト号の巨体が水上を飛ぶ様に滑り始める。操舵室内の全員が、急加速によって生じた横殴りのGに、歯を食いしばる。

「現在速度、八十……百……百二十……最大出力！　安定しています！」

操舵室の窓から覗く波しぶきが、数倍速で後方に吹き飛んでいく。

ずれたメガネを直しながら、目を見開いたジュンイチが驚きの声をあげる。

「……これって……電磁推進ですよね？」

またもジュンイチの博識に感心した様子で、エミコが自信げに満面の笑みを作る。

「そうよ……財団科学部は……頼りになるでしょ？」

一方、ドーソンはソナーモニターで船体後方を警戒し続けていた。

対象の反応が遠のくのを確認すると、船員に向けて行動指示を出す。

「今のうちに、移管開始だ」

「……どうしてもか？」

へたりこんだままのタザキが尚も弱気に食い下がると、ドーソンが面倒臭そうに眉根に皺《しわ》を寄せた。

「念の為だ。このまま振り切れるなら、一旦《いったん》九州沿岸まで退避する。それがプランAだ。万が一振り切れない場合のプランBだが、船を自動操縦にして……」

「それをデコイとして米軍に出撃要請するのね」

エミコに頷き、次いで、ボコ達に目を配るドーソン。

「そうだ。なんとしても子供達とオリリウムだけは……」

＊＊＊

静寂と厚い濃紺に包まれた海中。光も届かない暗がりの、更に奥。

見える筈のない遥か彼方《かなた》の標的を、超常の感覚で狙うジグラの姿があった。

……やっかいな獲物だ。何発液状弾を撃ち込んでも、まるで手応えがない。

それどころか、一丁前に逃げ果《おお》せようとしている。実に、実に腹立たしい。

……ならば、しょうがない。実に面倒だが、こちらから出向くとしよう。

プク、プク、と。

徐々に戦意を露わにするジグラの体表に、泡沫《ほうまつ》が浮き上がる。

瞬間、ジグラが珊瑚《さんご》のように張り巡らせた胸部のプラズマ管を発光させると、微細な泡のシールドが、一瞬にして全身をコーティングした。

ズゥンッと重たい衝撃波と共に周囲の海水が鳴動すると、ジグラの全身が超振動の弾丸と化して発射される。暗い海中を猛烈な速度で進んでいくジグラ。

邂逅《かいこう》まで、もう、間も無く。

＊＊＊

「……どんどん増速しています！……九十、百を超えます。百二十、百四十、……二百ノットを突破！」

「二百だと!?」

ドーソンの叫びが、船員の鼓膜を叩《たた》く。

スキャニングソナーモニターが映し出す、泡状のノイズに覆われたジグラの姿を見て、エミコは唖然と推論を口にした。

「す、スーパーキャビテーション……?」

「あの巨体でだと⁉　そんな……ばかな……」

「間違いない……細かい気泡で全身を包んで水の抵抗を極限まで排除しているのよ」

人類が未だ到達し得ない至高の推進技術を、ジグラが「生態」として兼ね備えているとするなら、予想される最高速度は二百ノットなど、軽く超える。

……あまりに、届かない。科学の、人類の力では、あまりにも。

「……残念だがプランBを実行だ」

エミコが呆然《ぼうぜん》としていると、ドーソンが苦々しい顔で言い放った。

途端、タザキが悲鳴をあげる。

「ふ、ふざけるなぁ‼　念の為だと言ったろ⁉」

その狼狽《ろうばい》ぶりに驚いた一同が、ギョッとしてタザキを見つめた。

取り乱すタザキは、ドーソンを前に後退《あとずさ》りしながら、続けざまに否定の言葉を重ねる。

「私はいやだ！　狭いのは……まっぴらだ！　冗談じゃない！　息が……できなく……なるじゃないか‼」

引き攣《つ》った顔で閉所恐怖症であることをカミングアウトすると、タザキは駆け寄ったエミコの手を撥《は》ね除《の》け、いよいよ操舵室のドアに手をかけた。

「私は……ヘリで逃げる！」

　暴走するタザキに、ドーソンが立ち上がる。

「この速度で離陸など無理だぞ……落ち着け！」

　しかし、タザキの勢いは止まらない。血走った目でボコ達に視線を送ると、喉《のど》が裂けんばかりに声を張った。

「もういい！　お前らついてこい！」

「え？　えぇ!?」

「死にたく無いなら来い!!」

「えぇ～……」

　間近にいたボコを始め、声をかけられたジョー、ジュンイチ、ブロディが、その勢いに揃って面食らった。

　そのまま、半ば強引に操舵室を飛び出してゆくタザキに、ボコ達もしょうがなくついていく。

　そうしてドアが開け放たれると、嵐の如き水飛沫が一同の顔を打った。

＊＊＊

「あれに乗って脱出するぞ！」

先頭のタザキが、グシャグシャになった前髪を顔に貼り付けたまま、船体後方のヘリ甲板を指し示す。

高速航行による猛烈な風に吹き飛ばされそうになりながら、なぜか巻き込まれたボコ達も一歩ずつヘリ甲板へ進む。しかし、こんな状況で飛び立とうなど、どう考えても無謀が過ぎる。手すりに摑まりながら、ボコ達が口々に声をあげた。

「脱出ってどこへ⁉」

「知るか！　近場の陸地だ！」

「おっさん！　運転できんのかよ！」

「セスナはできる……！」

「セスナとヘリは違うだろ！」

「……似たようなもんだぁ！」

へっぴり腰になりながらも、吠えるタザキの足は一向に止まらない。

飛びそうになるメガネを押さえながら、三人に続いてジュンイチも叫ぶ。

「あの……船長さんやエミコさんの意見に従ったほうが……！」

「な!?……私が担当責任者なんだぞ！　奴らが言うことを聞くべきだろ！」

子供相手にタザキが支離滅裂なことを口走っていると、瞬間、正面の海上にザザザンッ！　と光線が出現した。

「うわぁああああああぁ!!」

襲来した液状弾は、ＥＭ推進の猛烈な水流でホップアップし、海面に飛び出した直後、ヘリ甲板を斜め下から貫いた。

凄《すさ》まじい衝撃と共にヘリコプター諸共《もろとも》ヘリポートが吹き飛び、引火した燃料が激しく爆発、炎上する。

「なっ……なぁ……！」

木《こ》っ端《ぱ》微塵《みじん》になったヘリを前に、タザキはいよいよ茫然《ぼうぜん》自失となって崩れ落ちた。

その背後、爆風に煽られるボコの両目が、水面下に巨大な影を見つける。

「……近付いてくる」

浅い海中に珊瑚のように輝く、プラズマ毛細管の輝き。不吉に揺らめく銀翼のカイト。

爆発によって著しく推進力を失った船体を、ジグラが貫かんと迫った……その時。

ズドォオンッ！　と鈍い音と共に、ジグラの巨軀が空中にカチ上げられた。

その身に喰《く》らい付くのは、野蛮を具現化したような、漆黒の牙《きば》。

願っても無い蛮勇の登場に、ボコが全霊の声を張り上げる。

「ガメラぁ!!」

海底から急上昇したガメラは、空中でジグラの上体をホールドすると、そのまま水面に激しく叩きつけた。

二体の大怪獣の着水に海が割れ、続けざまに訪れた大波が船体を襲う。

激しい揺れに絶叫しながら、手すりにしがみつく一同。荒れ狂う波しぶきに、辛うじて全員が踏みとどまると、直後、後方からエミコの声が飛んだ。

「こっち！　急いで！」

その声に、ボコ達が一斉に駆け戻る。

「タザキさん!!　早く!!」

無様に膝を折るタザキに、しかし、エミコが声をかけ続ける。

「ええぃっ！　くそ!!」

ガンッ！　と手すりを殴りつけ、半泣きのタザキが駆け戻る。

船体後方の海中で、激闘の火蓋《ひぶた》が切って落とされた。

＊
＊
＊
夥《おびただ》しい泡を全身に纏《まと》ったまま、錐揉《きりも》み回転する二体の巨獣が、深く、深く、潜っていく。

ガメラは蒼白の眼光を鋭くすると、嚙《か》みついた肩口を更に深く抉《えぐ》る。

「グロロォオオォッ！」

紫色の流血が、コバルトブルーを魔界の如く染め上げると、その彼方で銀色の鋭棘《えいきょく》が閃いた。刹那、無軌道に放たれた体長の六倍にもなるジグラの尾が、ガメラの首に絡み、引き絞る。その強烈なトルクに瞳孔《どうこう》を震わせ、堪《たま》らずガメラは口から大泡を吐いた。

「ゴボ、ガ……ッ‼」

咬合力《こうごう》が弱まったその一瞬に体をねじ込み、尾の反動を利用して一気に距離を取るジグラ。青い閃光《せんこう》を迸らせ、一瞬にして飛沫を纏うと、水上のセルケト号めがけて矢の如く飛び出した。

ガメラの瞳孔が、スーパーキャビテーションの軌跡を追跡する。直後、ガメラは四肢を収納すると、飛行形態へと転じ、青い矢となってジグラの後を追い始めた。まるで吹雪の中を飛ぶプロペラ機の如く、マリンスノーを掻き分けながらドッグファイトを繰り広げる二体。

しかし、そこは水中。

火焔弾《かえん》を制限されるガメラと、水中軌道で優るジグラでは、戦闘力が釣り合わない。アウェイ戦を強いられるガメラが僅かに苦悶《くもん》の表情を浮かべると、ジグラは宛《さなが》らマニューバの様に大きく旋回。瞬時にガメラの後方に張り付いて、胸部から液状弾を連射した。

旋回半径の小ささを利用して幾撃かを躱《かわ》すも、駆逐艦の装甲をも貫通する超音速の微細金属粒子の塊がガメラを追い詰める。

「……ゴアアァッ!!」

ついに着弾を許したガメラの腹から、大量の血が噴き出した。

しかし、それでも尚、追撃の手は緩まない。ガメラの絶叫が、漆黒の海中に低く響いた。

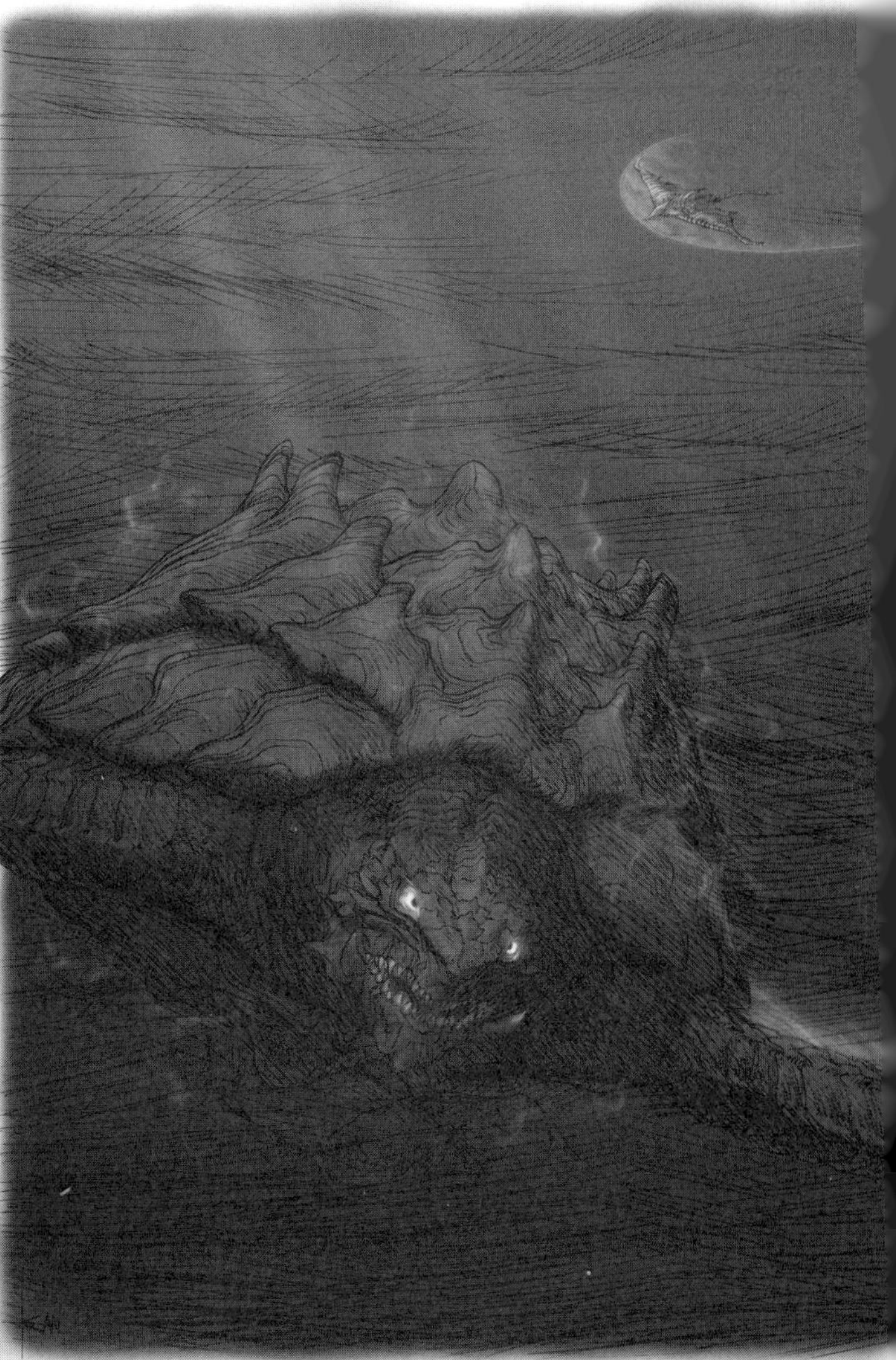

＊＊＊

大波からなんとか逃げ果せたボコ達は、エミコに言われるがまま船内に備え付けられた昇降機に飛び込んだ。ぎゅうぎゅう詰めになること、十数秒。扉が開くと、ボコ達の面前には小ぶりな操舵室があった。

「ここは……？」

一同が辿《たど》り着いたのは、セルケト号の船底に固定された特殊潜航艇、ネフェルテム号の操舵室。

既にスタンバイを完了させていた船員たちが、流れる様な動作で、計器類を操る。

「セルケト号船内温度上昇！　誘爆します！」

「……すぐに出発だ！　急げ！」

セルケト号の船底から延びるアームやシャフトが切り離され、潜航艇のスクリューが唸《うな》りを上げる。

「急速潜航！」

切り離されたネフェルテム号が一気に潜航を始めた次の瞬間、セルケト号の船底が爆発。

放たれた衝撃に、潜航艇全体がギシギシ軋《きし》み、揺れた。

「……ッ！」

不安そうに天井を見回すボコ達を余所《よそ》に、エミコはドーソンに駆け寄った。

「オリリウムは？」

「問題無い。生体サンプルも移した……」

それを聞いたエミコが、安堵に胸を撫で下ろしていると、ソナーモニターを睨み続けていた船員から声があがった。

「距離千三百。……さらに離れていきます」

モニターから反応が消失したのを確認し、ドーソンが僅かに息を漏らす。どうやら新たに現れた怪獣が良い足止めになっているらしい。紛れもない、好機。危機を脱するなら、ここしかない。

「今のうちになるべく距離を取るぞ！……針路三－三－〇、両舷全速！」

＊＊＊

水底のバトルフィールドが、二体の巨獣の血潮に淀む。

止まらない腹からの流血に、息も絶え絶えのガメラが弱く唸る。流血量を比べれば、ジグラの判定勝ちだろう。

しかし、銀翼の巨獣はそれを望まない。飽くまで命を刈り取らんと、ジグラは冷酷に液状弾の狙いを定める。

それを察するも、ガメラは動かない。周囲三百六十度の海中、その全てが退路に見える『死路』だ。下手に動けば、必死は疑いようもない。

「グロォッ……!?」

ならば、とばかりに目を見開いたガメラが、唐突に出力を上げ、ジグラに向かって爆進を始めた。

前進こそが活路と言わんばかりの、ガメラの無謀な突進に僅かに反応が遅れるジグラ。

しかし、その程度では、ジグラのアドバンテージは揺るがない。

単純軌道の標的に、ジグラが再び狙いを定めようとしたその刹那、ガメラの胸元で光が弾けた。

火焔弾の様に赤熱はせず、しかしてエネルギーを蓄電するかの様な連続スパーク。次第に稲妻に包まれるガメラの巨軀は、ジグラに直撃する寸前、その軌道を僅かに変えた。すれ違いざま、ガメラの胸部から凄まじい電撃波が放たれると、あたり一帯の海が閃光に満たされた。

「グロォォオオッ……！」

間近で直撃を喰らったジグラの全身に、電撃波が纏わりつく。

ジグラは混乱し、激しく水中をのたうち回るも、一向に回復しない。

なんだこれは。何も感じない。いや『感じすぎてしまう』。

ジグラが、ガメラの発生させた電撃波のジャミングによって、生まれて初めて方向感覚を奪われたのだ。

不可視の『暗闇』に溺《おぼ》れるジグラに、ゆっくりとガメラが近づく。ついに生まれた絶好のチャンス。しかし、直後ガメラは双眸から光を失うと、力尽きた様に水底へと沈んでしまった。

＊＊＊

訪れた衝撃波が、再び船体を大きく揺らした。

影響を受けた計器類の挙動が一瞬乱れ、パチパチと静電気を放つ。

「な、なにが起きた……!?」

「……膨大な衝撃波……ガメラが発生源だと思われます……電波も受信しました」

「電波だと？……やつらまで1㎞以上も離れているんだぞ」

スキャニングソナーモニターに映る大型怪獣のシルエットのうち、一体が沈み、一体が大きく旋回を繰り返す。

「ガメラが……沈んでいきます……ジグラ！　本艇に接近します!!」

その報告に、ボコ達が愕然《がくぜん》と言葉を失う。ガメラの戦線離脱……。誰が語らずとも、その原因は想像に難くなかった。

ボコが動揺に唇を震わせていると、ズン！　ズズズンッ！　と連続する振動が船体を襲う。

再開されたジグラの猛攻に為《な》す術もなく、一同が難く目を瞑っていると、船員が不思議そうに声をあげた。

「ジグラから質量弾発射……ですが、攻撃目標は……不明です」

「……闇雲に撃っているのか？」

ドーソンの背後からモニターを見つめ、何か考え込んでいたエミコがハッと顔を上げる。

「ジグラは、イルカのように反響音で位置を特定している……？」

次いで計器類を見つめていたジュンイチが、自らの閃きに瞠目し、口を開いた。

「……先ほどの衝撃と計器の異常。ガメラの何らかの攻撃で、ジグラの方向感覚が狂ったとしたら……。ジグラを攪乱《かくらん》できるかもしれない！」

ジュンイチの突然の発言に、ドーソンが表情を渋くして聞き返す。

「……なんだって？」

「あの……さっきガメラが発信した電波、記録ってありますか？」

「ああ、もちろんだ」

ジュンイチの言葉を受けて船員が機器を操作すると、画面に特徴的な波形が表示された。

それを見て、ジュンイチは更に思考を加速させる。子供達を狙う怪獣の習性、ガメラの放った強烈な電磁波、そして、ジグラのこの挙動……。

「……例えば、電波塔とかを使って、ガメラの放った電波を高出力で流すんです。私たちがおとりになって近くまでいけば、ジグラを引き寄せて、地上に上げることができる……！」

勢いよく話し始めるジュンイチに、未だ困惑気味のドーソンが口を挟む。

「待て、電波塔だと？　そんな都合のいい場所どこにあるんだ？」

「あ！……ありますよ！……オメガ塔です！　確か対馬《つしま》にありましたよね」

「あ、ああ、確かに……」

まともに取り合った船員を一瞥し、ジュンイチに向き直ると、いよいよドーソンは声を荒らげた。

「……それが仮に成功したとして、それが何になる!?　ジグラを地上に引き上げたところで、一体……」

「……ガメラが！」

ドーソンの怒声に怯えながら、振り絞る様に、ジュンイチがその名前を口にした。

「……ガメラが戦いやすい地上に、あいつを引き上げることができます！」

ジュンイチの大声に、ドーソンはおろか、その場の誰もが射竦められた。

そうして俯《うつむ》いたジュンイチを、エミコが真剣な眼差しで見つめる。

逃げることしかできない自分たちが、もしかしたらガメラの力になれるかもしれない。

立場も、体裁も、何もかも度外視したジュンイチの真っ直ぐな『作戦』に、ドーソンも言葉を詰まらせる。

すると、緊迫が最高潮に達した艇内に、クスクスと笑い声があがった。

「なんでか分かんねえけど、ジュンイチがとびきりブッ飛んだこと言うときは、本当になるんだ」

ジョーは悪戯っぽくそう言うと、「な？」とボコを促した。

ボコもそれに頷くと、可笑《おか》しくてたまらないとばかりに言う。

「ほんとそうだよ。UFOの時も、そうだったし」

その単語を聞いてジュンイチが飛び上がる。三年前に眺めたあの「光」のことを、確かにボコが『UFO』と呼んだ。

「で、でも、あの時の光はシャトル……」

恐々とジュンイチが言うと、ジョーとボコが合わせた様に首をかしげる。

「……いや、UFOだよ。なあ？」

「ああ絶対そうだよ。UFOに決まってる」

ボコとジョーが、真っすぐに言う。ジュンイチを励まそうとか、機嫌を取ろうとか、そういう回りくどさは、感じない。

途端、ツンと鼻を駆け上がる切なさに、ジュンイチは目を潤ませた。

「……ですね。うん、あれはUFOでした」

そうして、ジュンイチに笑顔が戻ると、覚悟を決めた様子のエミコが、ドーソンに向き直る。

「私の知る限りでも、ガメラはこの子たちを守る様に動いてきた。保証はないけど、現状この子の案が、ジグラに対抗できる一番可能性の高いプランだと思う」

エミコの視線に射貫《いぬ》かれ、とうとうドーソンが観念した様に頷く。

「……しかし……対馬で必要な機材調達はどうする？」

ジュンイチの言うことにいくら信憑性《しんぴょうせい》があったとしても、それが実現できるかは別の話だ。ドーソンの指摘に、エミコはギクリとして視線を泳がせる。

「それは……こういう時こそ、この人が頼りなんだけど」

その視線の行き着いた先では、意気消沈のタザキがぐったりと座り込んでいた。

「……まぁ、話は聞いていたが」

顔を背けたまま、タザキが呻く様に零す。そうして膝《ひざ》を立てると、いよいよ真っ青になった顔を上げて、ヤケクソ気味に吐き捨てた。

「……どうやらやるしか無いようだな」

＊＊＊

「機材調達、避難誘導、電力確保……自衛隊はもう動いているはずだ……」

「ええ、助かります」

手にしたコミュニケータをぞんざいにポケットに放り込みながら、タザキがジュンイチに報告する。

ジュンイチの奇策に乗り、目標地点を対馬・浅茅《あそう》湾へ設定し直すと、各自行動を始める船員たち。そのうちの一人が、ラックから無骨な筐体《きょうたい》の発信機を取り出すと、それをジュンイチに手渡した。

「ガメラの発振電波をループにしてある。あとはオメガ局の送信機に接続して、大電力で出力すれば、いけるはずだ」

その口ぶりを、タザキがおや、と訝しむ。

「ちょ、ちょっと待て。……君たちは行かないのか？」

「我々は……オリリウムを死守するのが最優先任務だ」

「じゃあメンバーは……ウワッ!!」

タザキが情けない顔で食い下がっていると、ピーッピーッとソナーモニターの警告音が鳴り響いた。

途端、騒然とする艇内に、船員たちの声が飛び交う。

「ジグラ、蛇行停止……急速接近してきます！」

「現在地は!?」

「まもなく対馬・浅茅湾！」

迫る怪獣を背後に、潜水艇の鼻先が、入り組んだ対馬・浅茅湾の海岸線を捉える。

最大速度を保ったまま、そこに突っ込まんばかりの速度で……いや『実際に突っ込むつもりで』爆進するネフェルテム号。

「メインタンクブロー！　急速浮上！」

声に合わせ、ググッと仰角を取って急浮上が始まると、水圧から解き放たれた艇体のそこかしこから、ベコベコと歪《いびつ》な音が鳴り響いた。

そうして遂に海面から飛び出すと、同時にドーソンが叫び声をあげる。

「座礁するぞ！　つかまれ！」

浅瀬に乗り上げたネフェルテム号が、ガガガガガッ！　と艇体を摩耗させせながら滑っていく。船員たちを襲う、最後の、それもとびきりの振動。

「……ッ!!」

そうしてネフェルテム号がようやく静止すると、艇体上部のハッチが、ボコンッ、と開き、今にも死にそうな顔が飛び出した。

「はぁっ、はぁっ……！　空気がッ……美味《うま》いッ……！」

誰よりもはやく顔を出したのは、もちろんタザキ。

毒ガスを中和するかの様に、目を血走らせて深呼吸を繰り返す。

そんなタザキを押しのける様に、ボコ達とエミコも浜に着地すると、見回すまでもなく、山の頂上に聳《そび》える鉄塔が見つかった。

「お、オメガ塔って……」

「あ、あれじゃねえか!?」

同時に指をさし、ボコとジョーが叫ぶ。

間違いない、とばかりにジュンイチも頷き、一同が足を踏み出そうとするが、肝心のタザキが動かない。見ると、コミュニケータを片手になにやら頭を掻きむしっていた。

「……なぜ、迎えが誰もいない？……車もないぞ。まさか避難誘導で手一杯なのか？」

どうやら、協力を要請していた自衛隊が迎えに来る段取りだった様だ。というより、辺りには人っ子一人見当たらない。避難誘導で手一杯……というのは十分にあり得ることだろう。そして、タザキとオメガ塔とを交互に見て、ジョーが首を傾げながら言う。

「……え、走るんじゃないの？」

「え？」

すると、ブロディもアキレス腱《けん》をグッグッと伸ばしながら続く。

「そうだよ……すぐそこに見えてるじゃん」

「え？」

そうして一番槍《いちばんやり》、ボコは駆け出しながら、声をあげた。

「走ろう！　行こうぜジュンイチ！」

「はい！」

ボコに続いて、子供達が一斉にスタートを切った。

船内の窮屈さがバネになったのか、加速の勢いを保ったまま、ぐんぐん豆粒になっていく。

そんな一連の流れを見ていたエミコが、クスクスと笑った。

「……簡単な答えね」

と、エミコも走り始める。

ポカン、とその後ろ姿を見つめ、立ち尽くすタザキ。

「……船よりはマシか」

最後、諦めた様に呟くと、未だ揺れの名残をとどめる右足で、やけくそに地面を蹴った。

＊＊＊

僅かに青く輝き出した海原を背景に、ボコ達は蛇行する山道をひた走る。

ところどころ罅割《ひびわ》れたアスファルトを軽快に避けながら、息を切らしてボコが言う。

「け、結構、きついね」

「はぁはぁ……す、すみません……がんばります」

もともと運動の不得手なジュンイチは、既に汗だくだった。

ボコが気に掛ける様に何度か振り向いていると、案の定ガクッと膝が折れた。

「……ッ！」

たまらず地面に手をつくジュンイチ。

しかし、俯きそうになった視界に、白Tシャツを着たジョーの背中が飛び込んだ。

「俺に乗れ‼」

ジュンイチが驚いていると、即座にブロディも名乗りを上げる。

「いいや、俺に乗れ！」

ジュンイチをよそに、ブロディとジョーが火花を散らしていると、後方から既に虫の息のタザキが、蚊の鳴く様な声で叫んだ。

「おい！……はぁはぁ……何やって……る！……急げ‼……ジグラ……が‼」

タザキの言葉にギョッとしてボコが見下ろすと、遠方、浅茅湾の海面が激しく隆起し始めていた。直後、ドザァァァン‼ と上がった盛大な水柱に入江が水没すると、引き波の中、銀翼の異形が遂にその姿を現した。

「グロロォオオオォ‼」

上陸したジグラはギロッと、ボコたちの方角を見ると、追跡するかのようにゆっくりと進み始める。

慌てるジュンイチが、ジョーとブロディのどっちに乗ろうか迷っていると、見かねたボコが二人の間に割って入った。

「もう……、手貸せよ！」

ボコの言葉が理解できず、目を見合わせるジョーとブロディ。

飲み込みの悪い二人に、ボコがもどかしそうに叫んだ。

「馬つくるって言ってんの‼」

瞬間、合点のいった二人がボコを起点にフォーメーションを組むと、あっという間に『騎馬』が出来上がった。ボコが振り向き、声を上げる。

「乗れ！　ジュンイチ‼」

「は、はい！」

ジュンイチが跨《また》がると、即席『騎馬』は急発進し、猛烈な勢いで走り始めた。

坂を登りきり、平坦《へいたん》路に入ると、さらに速度を上げていく。

「あれだ……ッ！」

そうして、酸欠でチカチカと霞《かす》む三人の視界が、ついに鉄塔の足を捉えた。

勢いを落とさぬまま、オメガ局の正面玄関前まで駆け込むと、即席騎馬は制動の勢い余って無残に崩壊した。

「はっ、はっ、はっ…………ぶっはあ！」

「つ、着いたぁ……」

アスファルトに大の字に寝転び、目を白黒させて酸素を取り込むジョーとブロディ。

立ち上がったジュンイチの眼下、依然として追跡を続けるジグラの侵攻はやはり、遅い。

「……ジグラはやっぱり陸が苦手です……この作戦……いけますよ！」

自身の作戦に、俄然《がぜん》手応えを覚えるジュンイチが、固く拳《こぶし》を握る。

「よっ……しゃあ！」

「あとは……頼む」

「早く！　ジュンイチ！」

息も絶え絶えの三人に後押しされ、ジュンイチが駆け出した。

「まかせてください！」

そうして局内へ飛び込んだジュンイチは、案内板を瞬時に読み取り、制御室へと足を向ける。局内はブレーカーが落ちているのか、電灯が全て消えていた。やはり局員も自衛隊も退去しているようで、暗闇の中に人の気配はない。

不安を振り払うかの様に足を加速させ、薄暗い階段を駆け上っていく。上りきり、遂に見つけた制御室に飛び込むと、後方からエミコの声が響いた。

「私はブレーカーを確認する！　ジュンイチくんは、トランスミッターを!!」

「……ッ！　はい!!」

頼もしい救援の登場に、ジュンイチは高らかに応答した。

即座にキャビネットに飛びついて、トランスミッターを見つけると、パネルの中から接続用のケーブルを引っ張り出す。

今まで何の役にも立たなかった、馬鹿にされてばかりだった知識が、ジュンイチの目に、指に伝わり、最適解を導き出す。

すると、ボコ、ジョー、ブロディの三人も、遅れて部屋に転がり込んで来た。

その背後から、今にも気絶せんばかりに息の上がったタザキも駆けつける。

「ジュンイチ！」

「どうだ!?」

危なげなくケーブルを接続して、いよいよジュンイチの指が発信機の電源に伸びる。

すると、窓の向こう、薄明の空を背景にジグラのシルエットが蠢《うごめ》いた。

「グロロォオオオォッ！」

放たれた大咆哮《だいほうこう》に、制御室内の窓ガラスが激しく震える。

完全にボコ達に狙いを定めたその挙動に、一同はたまらず身を竦めた。

「ううぅぅうッ!!」

しかし、度し難い恐怖の中、ジュンイチだけは怯《ひる》まない。

ようやく発信機とトランスミッターの接続を終えると、ジュンイチは全力で叫んだ。

「タザキさん！」

瞬間、手にしたコミュニケータに向かって、タザキが吠える。

「送電しろ！」

ブゥン、とキャビネット内全てのパネルやインジケータが点灯すると、同時に屋外に設置された変圧器がパチパチと小さく放電し、次いで別棟にある整合舎の巨大なコイル群も一斉に稼働し始めた。

発信機から送られる微弱信号が、その全てによって増幅され、オメガ塔を駆け上った、直後。

「————————ッ!!」

オメガ塔から発生した電磁波の洪水が、あと一歩のところまで迫ったジグラを吹き飛ばした。

視界と三半規管をかき混ぜられる様な悍《おぞ》ましい衝撃に、ジグラが焼かれるかの様な悲鳴を上げる。

「グロォオオッ……！」

そうして千鳥足になり、あらぬ方向へ向かっていくジグラを見つめ、エミコが興奮気味に拳を握った。

「方向感覚が麻痺《まひ》してる……！」


ジュンイチは仲間を振り返ると、ガッツポーズを取った。

「せ、成功です！」

瞬間、一同から歓声があがる。

「ジュンイチ、すげえ‼」

「やるじゃねぇか！」

「怪獣フラフラにしちまったぜ！」

ジュンイチの大活躍に、ボコ達が抱き合ってはしゃいでいると、突如、ボコの意識に奇妙な感覚が押し寄せた。

ドクンッと高鳴る鼓動。頭の奥深くから聞こえてくる金属が擦《こす》れるような高音。それは、今までにも何度かあった『怪獣』由来の、精神反応。

「……ッ!?」

瞬間、朦朧《もうろう》としていたジグラの鼻先が、確かにボコ達へ向けられた。

「グロォオオォッ……!」

視覚、聴覚、超感覚すらも封じられ、なおもジグラは『何か』に導かれる様に、オメガ局目掛けて猛進を始める。

「嘘だろ!? なんでこっちに!?」

窓に張り付き、ジョーが叫ぶ。

「どういうことだ……!?」

万策を出し切り、それでも尚止められないジグラの強襲を前に、タザキも言葉を失う。

すでに、その凶悪な双眸は目と鼻の先。逃げることすら、間に合わない。

しかし、ボコの鼓動の高鳴りが、確かに予感する。

恐怖でも、諦めでもない、別の感情によって……『希望』によって、心臓が激しく拍動する。

「ガメラッ!!」

ボコが叫ぶと同時に、ジグラの脳裏に電流にも似た「危機感」が迸る。

遥か下方、湾内につきあがった水柱が、朝焼けの空に光輪を作る。その中心に聳えた漆黒の姿に、ボコ達は驚嘆の声を上げた。

足掻《あが》き、駆け抜け、そうしてたどり着いた夜の果てに、ついにガメラが現れた。

＊　＊　＊

怒りに燃えるガメラの蒼白の瞳が、ジグラの背を射貫く。

腹に開いた穴からは、未だ夥しい出血。長引かせることはできない。

いや、長引かせることなど、しない。

「グゴアアァアァッ!!」

五指を砕かんばかりに握り締め、漆黒の胸部にプラズマ毛細管の光を収束させる。

牙の隙間から漏れ出《い》づる光は、必殺の予兆。遂に解禁される『火焔弾』の熱気が、周囲の水分を悉《ことごと》く蒸発させる。

一方のジグラは、未だ山肌に張り付き、ガメラに背を向けたまま硬直していた。ただでさえ苦手な陸地では、回避行動もままならない。誰が見ても形勢は明らか。しかしジグラは狡猾《こうかつ》に、悪役に徹するかの様に、不可視の策を忍ばせる。

その長大な、未だ入江に沈んだままの、体長の六倍にもなる尾の先端が、水面下でギラリと怪しく光を放つ。ジグラと尾。ガメラを挟んだ、水陸両方からの挟撃の構え。知るか知らずか、双方気づけば「必殺」の射程圏。

「グロロアァッ‼」

先んじて飛び出したのは、ジグラだった。胸部に液体弾の放つ紫色の光を貯め、八艘飛《はっそうと》びでガメラに迫る。瞬間、チャージを終え、上空に向け大口を開けたガメラ。飛び上がったところで、この距離だ。ジグラの巨体なら、なおさら外しようがない。狙いを定めるかの様にガメラの瞳孔がフォーカスを始めた瞬間、入江から白銀の尾が飛び出した。ルール無用の背面取り。自らを囮《おとり》とした、ジグラ渾身《こんしん》の一撃がガメラに迫り、そして右肩に突き刺さった。

「────アァッ‼」

迎撃の構えを取っていたガメラの口腔《こうこう》が、僅かに歪む。尾から伝わる必殺の感触に、奇襲の成功を確信するジグラ。しかし直後、異変に気がついた。

「グルァッ⁉」

ガメラが、倒れない。どころか、身じろぎもしない。ガメラの眼光が、その輝きを些《いささ》かも失うことなく、ジグラを睨み続けている。

そう。ガメラは尾棘の一撃を、直撃寸前、身を翻すことで『受け切っていた』のだ。

そのまま強靱《きょうじん》な筋肉は突き刺さった尾をホールドし、引き抜くことさえ許さない。

予想外の展開に、ジグラの視界がグニャリと波打つ。

ジグラの誤算は、ガメラの反射性能を見誤ったこと。先ほどまでの水中戦とは訳が違う。陸地でこそ、ガメラのバトルセンスは本領を発揮するのだ。

刹那、大地を巨脚が踏み砕き、ガメラが発射の構えを完成させる。
ジグラも液状弾を連射するも、白熱する『火焰弾』がその全てを飲み込んだ。
愚かにも陸に足を踏み入れたジグラの脳裏に、取り返しのつかない後悔が過ぎり、
そして。
「グロロアアアアアアァッ‼」
直撃した火焰弾が、瞬時にジグラの全身を炎塊へと変貌《へんぼう》させた。
長い夜に終焉《しゅうえん》を告げる様な、断末魔の雄叫《おたけ》びが、朝焼けの空に響き渡る。

激戦を制し、身を翻す覇者の背で、ボコ達の歓声が炸裂《さくれつ》した。

＊　＊　＊

浅茅湾の水面が、柔らかな陽光の下で、白く輝いていた。

未だ大戦闘の名残をとどめる入江では、駆けつけた財団の調査チームや米軍の護衛部隊が右往左往している。

職員がせっせとサンプル回収を続ける傍ら、ドーソンや船員達は座礁したネフェルテム号艇内から、慎重にオリリウムを運び出していた。

そんな騒がしい湾内を眺めながら、エミコとジュンイチはほとりに佇《たたず》んでいる。

徐に口を開くと、エミコは柔らかな声色で、感謝の意を示した。

「ありがとう。ジュンイチくんのおかげよ」

恥ずかしそうにジュンイチが首を振る。

緊迫する状況の中、ジュンイチの考えを実現に導いてくれたのは、他でもないエミコなのだから。

「でも……」

「ん？」

「どうして私を信じてくれたんですか？」

ジュンイチの問いかけに、エミコは少し考え、そうして満面の笑みで答えた。

「だって私たち、友だちでしょ？」

「……はい」

潮風に髪を靡《なび》かせながら微笑むエミコに、ジュンイチの目が釘付《くぎづ》けになる。

そんな二人を、ボコたちは少し離れたところから眺めていた。

「ったく、なんだよ、あいつ……エミコさん独り占めじゃねえか……」

はぁ、とため息を吐いてブロディがボヤくと、ジョーがどうでも良いとばかりに返す。

「いいんじゃねえの？」

「まあ『女子』同士だし」

「色々と話もあんだろ」

ジョーと同じ様な調子でボコも興味もなさそうに言う。

「だからって……ん？」

今、ボコはなんと言っただろうか？

瞬間、ボコたちの方から上がった驚愕の声に、振り向いたジュンイチが首を傾げた。

何やらブロディが慌てふためいている様だ。ボコとジュンイチも、楽しそうにしている。

もし、少しだけ。

自分の頑張りが、この景色を……大切な『友達』を助けたのだとしたら。

少し変な自分も、捨てたもんじゃないかもなと、ジュンイチも顔を綻ばせるのだった。

＊　＊　＊

「あのような状況にも拘《かか》わらず、一人の犠牲者も出さないとは……」

ネフェルテム号の傍、タザキが手にしたコミュニケータから、冷淡な賞賛が響く。

「お褒め頂き光栄です。まあ正直言って、しばらく船には乗りたく……」

「本当に見事な手腕です」

と、何かに気づくタザキ。思わず通信機を遠ざけて、顔を青くさせる。

湾内に入ってくる一艘の船。新たな財団の調査船メルセゲル号だ。

どうやら、この奇想天外で最悪な旅は、まだまだ続いてしまうらしい。

気を失いそうになるタザキの手元で、無情な言葉が響いた。

「……引き続きの活躍、期待していますよ」

終章

もう、どれくらいの時が過ぎ去ったのだろうか。

あの日。あの迷い込んだ洞窟《どうくつ》で……あいつと出会ってから。

思えば、誰にも信じてもらえなかった。子供の戯言《たわごと》だと取り合ってもらえなかった。

今もどこかで、生きているのだろうか。

いいや、あれが生き物だったのかすら、今となっては確かめようもない。

背も伸びて、世界を知って、大人ってやつになった今でも、あいつのことは何一つわからないままだ。

なぁ、教えてくれ『×××』。

あの日お前は、俺に何を伝えたかったんだ。

あの日俺は、お前に何と言えばよかったんだ。

夢を見れなくなった今でも、時折、無性に思い出す。

きっとまた、出会うことになるんだろう。

その時にきっと、答えあわせが出来るんだろう。

そう、その時は、きっと。

本書は書き下ろしです。

イラスト／田村篤、髙濵幹
口絵デザイン／原田郁麻

小説《しょうせつ》 GAMERA《ガメラ》 -Rebirth《リバース》- (上)

瀬下寛之《せしたひろゆき》　じん

令和5年 8月25日　初版発行

発行者●山下直久

発行●株式会社KADOKAWA
〒102-8177　東京都千代田区富士見2-13-3
電話　0570-002-301(ナビダイヤル)

角川文庫 23772

印刷所●株式会社暁印刷
製本所●本間製本株式会社

表紙画●和田三造

ISBN 978-4-04-113995-0　C0193

◇◇◇

角川文庫発刊に際して

角　川　源　義

第二次世界大戦の敗北は、軍事力の敗北であった以上に、私たちの若い文化力の敗退であった。私たちの文化が戦争に対して如何に無力であり、単なるあだ花に過ぎなかったかを、私たちは身を以て体験し痛感した。西洋近代文化の摂取にとって、明治以後八十年の歳月は決して短かすぎたとは言えない。にもかかわらず、近代文化の伝統を確立し、自由な批判と柔軟な良識に富む文化層として自らを形成することに私たちは失敗して来た。そしてこれは、各層への文化の普及滲透を任務とする出版人の責任でもあった。

一九四五年以来、私たちは再び振出しに戻り、第一歩から踏み出すことを余儀なくされた。これは大きな不幸ではあるが、反面、これまでの混沌・未熟・歪曲の中にあった我が国の文化に秩序と確たる基礎を齎らすためには絶好の機会でもある。角川書店は、このような祖国の文化的危機にあたり、微力をも顧みず再建の礎石たるべき抱負と決意とをもって出発したが、ここに創立以来の念願を果すべく角川文庫を発刊する。これまで刊行されたあらゆる全集叢書文庫類の長所と短所とを検討し、古今東西の不朽の典籍を、良心的編集のもとに、廉価に、そして書架にふさわしい美本として、多くのひとびとに提供しようとする。しかし私たちは徒らに百科全書的な知識のジレッタントを作ることを目的とせず、あくまで祖国の文化に秩序と再建への道を示し、この文庫を角川書店の栄ある事業として、今後永久に継続発展せしめ、学芸と教養との殿堂として大成せんことを期したい。多くの読書子の愛情ある忠言と支持とによって、この希望と抱負とを完遂せしめられんことを願う。

一九四九年五月三日

角川文庫ベストセラー

赤い月、廃駅の上に
有栖川有栖

廃線跡、捨てられた駅舎。赤い月の夜、異形のモノたちが動き出す——。鉄道は、私たちを目的地に運ぶだけでなく、異界を垣間見せ、連れ去っていく。震えるほど恐ろしく、時にじんわり心に沁みる著者初の怪談集！

幻坂
有栖川有栖

坂の傍らに咲く山茶花の花に、死んだ幼なじみを偲ぶ「清水坂」。自らの嫉妬のために、恋人を死に追いやってしまった男の苦悩が哀切な「愛染坂」。大坂で頓死した芭蕉の最期を描く「枯野」など抒情豊かな9篇。

怪しい店
有栖川有栖

誰にも言えない悩みをただ聴いてくれる不思議なお店〈みみや〉。その女性店主が殺された。臨床犯罪学者・火村英生と推理作家・有栖川有栖が謎に挑む表題作「怪しい店」ほか、お店が舞台の本格ミステリ作品集。

狩人の悪夢
有栖川有栖

ミステリ作家の有栖川有栖は、今をときめくホラー作家、白布施と対談することに。「眠ると必ず悪夢を見る」という部屋のある、白布施の家に行くことになったアリスだが、殺人事件に巻き込まれてしまい……。

濱地健三郎の霊《くしび》なる事件簿
有栖川有栖

心霊探偵・濱地健三郎には鋭い推理力と幽霊を視る能力がある。事件の被疑者が同じ時刻に違う場所にいた謎、ホラー作家のもとを訪れる幽霊の謎、突然態度が豹変した恋人の謎……ミステリと怪異の驚異の融合！

角川文庫ベストセラー

Another (上)(下)　綾辻行人

1998年春、夜見山北中学に転校してきた榊原恒一は、何かに怯えているようなクラスの空気に違和感を覚える。そして起こり始める、恐るべき死の連鎖！　名手・綾辻行人の新たな代表作となった本格ホラー。

深泥丘奇談《みどろがおかきだん》　綾辻行人

ミステリ作家の「私」が住む〝もうひとつの京都〟。その裏側に潜む秘密めいたものたち。古い病室の壁に、長びく雨の日に、送り火の夜に……魅惑的な怪異の数々が日常を侵蝕し、見慣れた風景を一変させる。

深泥丘奇談《みどろがおかきだん》・続《ぞく》　綾辻行人

激しい眩暈が古都に蠢くモノたちとの邂逅へ作家を誘う。廃神社に響く〝鈴〟、閏年に狂い咲く〝桜〟、神社で起きた〝死体切断事件〟。ミステリ作家の「私」が遭遇する怪異は、読む者の現実を揺さぶる――。

Another エピソードS　綾辻行人

一九九八年、夏休み。両親とともに別荘へやってきた見崎鳴が遭遇したのは、死の前後の記憶を失い、みずからの死体を探す青年の幽霊、だった。謎めいた屋敷を舞台に、幽霊と鳴の、秘密の冒険が始まる――。

深泥丘奇談《みどろがおかきだん》・続々《ぞくぞく》　綾辻行人

ありうべからざるもうひとつの京都に住まうミステリ作家が遭遇する怪異の数々。濃霧の夜道で、祭礼に賑わう神社で、深夜のホテルのプールで。恐怖と忘却を繰り返しの果てに、何が「私」を待ち受けるのか――!?

角川文庫ベストセラー

GODZILLA 怪獣惑星
大倉崇裕 監修／虚淵 玄（ニトロプラス）

ゴジラに支配された地球を、人類は奪還することができるのか⁉ 「福家警部補」シリーズの著者が魂を賭けて挑む、いまだかつてないアニメ映画版ノベライズ。

GODZILLA 星を喰う者
大倉崇裕 監修／虚淵 玄（ニトロプラス）

すべてを失って敗北したかのように思えた人類。最後に残った「それ」は果たして希望なのか⁉ 「福家警部補」シリーズの著者が魂を賭けて挑む、いまだかつてない映画ノベライズ。

GODZILLA 怪獣黙示録
大樹連司（ニトロプラス） 監修／虚淵 玄（ニトロプラス）

ここに集められたのは、怪獣と戦ってきた時代の記録だ。巨大な絶望を前に、人類はいかに立ち向かい、いかに敗北したか――アニメ映画版GODZILLAの前史を読み解く唯一無二の小説版。

GODZILLA プロジェクト・メカゴジラ
大樹連司（ニトロプラス） 監修／虚淵 玄（ニトロプラス）

ゴジラに対して連戦連敗を繰り返す人類は、最終兵器・メカゴジラを開発し最後の戦いに臨む――。壮大なSF黙示録、対ゴジラ戦の記念碑的エピソードを収録した過去編。

復活の日
小松左京

生物化学兵器を積んだ小型機が、真冬のアルプス山中に墜落。感染後5時間でハツカネズミの98％を死滅させる新種の細菌は、雪解けと共に各地で猛威を振るう。世界人口はわずか1万人にまで減ってしまい――。

角川文庫ベストセラー

ゴルディアスの結び目　小松左京

「憑きもの」を宿す少女は、病室に収容されていた。サイコ・デテクティヴはその正体の追求を試みるが……表題作のほか「岬にて」「すぺるむ・さぴえんすの冒険」「あなろぐ・らゔ」を収録した、衝撃のSF短編集！

地には平和を　小松左京

敵弾をあび、瀕死の重傷を負った俺の前に、Tマンと名乗る男が現れた。歴史を正しい方向へ戻さなければ、この世界は5時間で消滅する⁉　表題作を含む短編2編とショートショート集を収録。

日本沈没（上）（下）　小松左京

伊豆諸島・鳥島の南東で一夜にして無人島が海中に没した。現場調査に急行した深海潜水艇の操艇責任者・小野寺俊夫は、地球物理学の権威・田所博士とともに日本海溝の底で起きている深刻な異変に気づく。

日本アパッチ族　小松左京

戦後大阪に出没した「アパッチ」。屑鉄泥棒から鉄を食う怪物「食鉄人種」に変貌した彼らは、大阪の街から飛び出して、日本全国にひろがり仲間を増やし、やがて日本政治をゆるがすまでになっていく――。

小説 秒速5センチメートル　新海　誠

「桜の花びらの落ちるスピードだよ。秒速5センチメートル」。いつも大切な事を教えてくれた明里、彼女を守ろうとした貴樹。恋心の彷徨を描く劇場アニメーション『秒速5センチメートル』を監督自ら小説化。

角川文庫ベストセラー

小説 天気の子　新海　誠

新海誠監督のアニメーション映画『天気の子』は、天候の調和が狂っていく時代に、運命に翻弄される少年と少女がみずからの生き方を「選択」する物語。監督みずから執筆した原作小説。

時をかける少女〈新装版〉　筒井康隆

放課後の実験室、壊れた試験管の液体からただよう甘い香り。このにおいを、わたしは知っている――思春期の少女が体験した不思議な世界と、あまく切ない想いを描く。時をこえて愛され続ける、永遠の物語！

日本以外全部沈没 パニック短篇集　筒井康隆

地球の大変動で日本列島を除くすべての陸地が水没！ 日本に殺到した世界の政治家、ハリウッドスターなどが日本人に媚びて生き残ろうとするが。時代を超越した筒井康隆の「危険」が我々を襲う。

日本列島七曲り　筒井康隆

おれの乗ったタクシーは渋滞に巻き込まれた。今日、大阪で挙げる自分の結婚式に間に合わなくなったら大変だ。仕方ないから、飛行機で大阪まで、と思ったら、その飛行機がハイ・ジャックされて……。異色短編集。

ウィークエンド・シャッフル　筒井康隆

硫黄島の回顧談が白熱した銀座のクラブは戦場と化し（「『蝶』の硫黄島」）。子供が誘拐され、主人が行方不明になった家に入った泥棒が、主人の役を演じ始め……（「ウィークエンド・シャッフル」）。全13篇。